U0923275

普希金文集

戏剧

11

ПОЛНОЕ СОБРАНИЕ СОЧИНЕНИЙ XI

冯 春——译

上海译文出版社

А. С. ПУШКИН

目 次

鲍里斯·戈杜诺夫

深怀景仰与感激之情
谨将此剧献给
俄罗斯人心中所珍视的

尼古拉·米哈伊洛维奇·卡拉姆辛

此剧即在其天才的启示下创作

亚历山大·普希金

克里姆林宫内

（一五九八年二月二十日）

隋斯基和沃罗登斯基公爵

沃罗登斯基

我们奉派来管理这座城市，
可是看来已经没有人好管：
莫斯科已成了空城，全城的人
都跟着主教到修道院里去。
依你高见，这骚乱将如何了结？

隋斯基

将如何了结？这事不难猜想：
百姓还会呼号，痛哭流涕，
鲍里斯还会稍稍皱起眉头，
就像酒鬼面对一杯美酒，
临了，他当然会大发慈悲，
谦逊地同意接受那顶皇冠；
然后——然后他还是按照老规矩

统治我们。

沃罗登斯基

但是自从他和妹妹
隐居修道院已一个月过去，
看样子，他似乎已经看破红尘。
不管是主教还是杜马[①]的大贵族，
至今不能够劝他回心转意；
他充耳不闻全莫斯科的哭谏，
也不听他们的恳求和痛苦呼号，
全不为缙绅会议[②]的呼声所动。
请求他妹妹进谏，让他鲍里斯
出来治理国家，也枉费心机。
那做了修女的皇后心中悲伤，
也和他一样坚定，无动于衷。
这说明鲍里斯已深深影响了她；
你说，假如这位执政者确实
已经对治理国家极其厌烦，
怎么也不肯登上这空缺的宝座，
那可怎么办？

隋斯基

我说啊，假如是这样，

① 旧俄议会。
② 旧俄讨论行政或宗教问题的高级会议。

那我们小皇子的血算是白流了；
季米特里他本可以活下去。

沃罗登斯基

可怕的暴行！够了！皇子当真
是鲍里斯谋杀的吗？

隋斯基

那还有谁呢？
谁会无缘无故收买切普丘戈夫？
是谁秘密派遣比嘉戈夫斯基兄弟
和卡恰洛夫？我被派往乌格里奇
去实地调查这骇人听闻的谋杀案：
途中我无意间发现了新鲜的血迹。
全城的人都是这件暴行的见证；
所有的人都异口同声地证实；
回来以后我只用一句话就可以
揭露这个隐藏在背后的凶手。

沃罗登斯基

你为什么不把他置于死地？

隋斯基

我承认，那时候，他使我惊慌失措，
没想到他那么无耻，竟若无其事，
他像个正人君子直视着我的眼睛：

提出各种问题，细细盘问——
对着他我只好胡说八道一通，
那些话都是他亲自悄悄地面授。

沃罗登斯基

这可不地道，公爵。

隋斯基

可我有什么办法？
对费多尔把一切说明？但是沙皇
看待一切都用戈杜诺夫的观点，
他听话也用的是戈杜诺夫的耳朵：
即使他能听信我所说的话，
鲍里斯立即就能使他起疑心，
然后他就会把我送进监狱，
到时候就会像对我叔父那样，
把我悄悄绞死在僻静的牢房。
我不是夸口，必要的时候，当然，
什么刑罚也不能使我发抖，
我不是胆小鬼，可也不是糊涂虫，
我不会白白地钻进绳套去送死。

沃罗登斯基

可怕的暴行！听我说，对谋杀的悔恨
一定会使杀人凶手心惊胆战：
不用说，无辜的皇子流下的鲜血

会使他不敢登上皇帝的宝座。

隋斯基

他会越过障碍，鲍里斯可不是脓包！
对我们，对俄罗斯，这算什么光荣！
昨天的奴隶，鞑靼人，马留达[①]的女婿，
刽子手的女婿，骨子里也是个刽子手，
会窃取莫诺马赫[②]的皇冠和披肩……

沃罗登斯基

这么说，他出身低微，我们更高贵。

隋斯基

是的，正是这样。

沃罗登斯基

隋斯基、沃罗登斯基……
简单说，我们可都是世袭的公爵。

隋斯基

都是世袭的公爵，留里克[③]血统。

---

① 马留达-斯库拉托夫，伊凡雷帝的宠臣，以残暴著称。
② 莫诺马赫（1053—1125），基辅大公。
③ 留里克，据编年史记载，原为瓦兰部落统领，后任诺夫哥罗德大公，古俄罗斯留里克王朝的奠基人。该王朝的末代沙皇为费多尔·伊凡诺维奇。

沃罗登斯基

听我说，公爵，我们才有权利
继承费多尔的皇位。

隋斯基

是的，比戈杜诺夫
更有权利。

沃罗登斯基

确实是这样！

隋斯基

那又怎么样？
如果鲍里斯再要阴谋诡计，
我们就巧妙地策动百姓骚乱，
让他们把戈杜诺夫抛到一边，
他们有那么多公爵，就让他们
随便挑选一个去当俄国的沙皇。

沃罗登斯基

我们瓦兰人[①]的继承者是有不少，
但是我们斗不过戈杜诺夫：
老百姓早就不把我们看作

① 俄罗斯人对北欧诺尔曼人的称呼。因留里克是瓦兰人，故其后裔也认为自己是瓦兰人。

古代南征北战的君主的子孙。
我们早就失去了敕封的采邑，
我们早就成了沙皇的廷臣，
他却很懂得用恩威并施的办法
并炫耀他的光荣来愚弄百姓。

隋斯基

（望着窗外）

这都是靠他的胆大妄为——可我们……
但是够了。你看，
老百姓来了，他们已散开，回来了。
快去看看，打听一下决定了没有。

红　场

众百姓

甲

他毫不动心！他从身边
赶走了各位主教和大贵族。
他们向他磕头也没用，
皇位的光辉使他惧怕。

乙

啊，上帝，谁来治理我们哪？
多么不幸！

丙

　　　　　瞧，国务秘书出来
向我们宣布杜马作出的决定。

众百姓

安静！安静！杜马的秘书要讲话，
嘘——仔细听！

谢尔卡洛夫

（从红色台阶上走下）

缙绅会议决定

最后一次试试请愿的办法，
希望打动执政者悲痛的心灵。
明天早晨圣明的主教大人
将到克里姆林宫隆重地祈祷，
以神幡作为游行队伍的先导，
高举弗拉基米尔城和顿河的圣母神像，
参加游行的有最高会议和大贵族，
一大群贵族和民众选出的代表，
整个正教莫斯科的黎民百姓，
我们再次去恳求皇后陛下，
她定会怜悯孤苦伶仃的莫斯科，
前去祝福鲍里斯接受皇冠。
你们回去吧，上帝与你们同在，
请回去祷告吧——愿正教徒的
虔诚祷告直达高高的天庭。

（百姓散去）

处女广场　新处女修道院

众百姓

甲

现在他们到皇后的净室去了，
鲍里斯和主教，还有一群大贵族
都到那里去了。

乙

听说了什么？

丙

还在
坚持；不过已经有了希望。

农　妇

（怀抱婴儿）

噢噢！别哭，别哭，妖怪，妖怪
来抓你了！噢噢！……别哭！

甲

我们挤到围墙那边去行不行？

乙

不行。瞧你说的！连广场上也挤满了人。
不用说那里了。真不容易！莫斯科
所有的人都挤在这里，瞧：围墙、
屋顶，教堂钟楼上一层一层，
教堂的圆顶，甚至是十字架上面
都挤满了人。

甲

说的是！

一　人

那边在闹什么？

乙

听，闹成什么样子？
百姓在叫喊，有人跪下去了，像波浪，
一排接一排……还在……嘿，老兄，
轮到我们了，快！快点跪下！

众百姓

（跪着。哭叫）
啊，开恩吧，我们的父亲！来统治我们！

做我们的父亲和沙皇吧!

甲

(低声)

那边在哭什么?

乙

我们怎么知道?大贵族才知道,
不是我们的事。

农　妇

(怀抱婴儿)

怎么回事?该你哭的时候,
你倒不哭啦!得给你点厉害!妖怪来了,
哭呀,乖乖!

(把婴儿扔到地上。婴儿大哭)

对啦,哭得好。

甲

大家都在哭,
我们也哭吧,老兄。

乙

我使劲哭,老兄,
可哭不出来。

甲

我也是。有没有大葱？
好搽搽眼睛。

乙

没有，我抹点唾沫。
那边又出什么事啦？

甲

谁搞得清楚？

众百姓

皇冠归他啦！他是沙皇！他答应啦！
鲍里斯做了沙皇！鲍里斯万岁！

克里姆林宫内

鲍里斯，主教，众大贵族。

鲍里斯

你，主教大人，你们所有的大贵族，
我要跟你们各位坦诚相见：
你们都看到，我如何诚惶诚恐
谦卑恭敬地接受沙皇的大权。
我肩上所负的责任是多么重大！
我继承的是强大的伊凡的伟业，
我继承的是天使沙皇的职务！……
啊，正直的上帝！威严的天父！
请你垂顾你忠实仆人的眼泪，
把你对于皇权的神圣祝福
赐给你所钟爱的人，赐给
你在这里神奇地挑选的人：
祝福我在你的荣光里统治百姓，
祝福我像你一样善良和公正。
　　贵族们，我期待你们的鼎力相助，
你们要像从前一样为我效力，

像我还没有被人民选出时一样
让我享用你们忠诚的效劳。

众贵族

我们决不会违背自己的誓言。

鲍里斯

现在我们走吧，让我们去拜谒
俄罗斯长眠于地下的列位先皇，
然后我们要邀请众百姓来赴宴，
从高官大臣直到讨饭的瞎子，
大家都是贵宾，可以自由入场。

（下，大贵族随后）

沃罗登斯基公爵

（拦住隋斯基）

让你猜着了。

隋斯基

什么？

沃罗登斯基

不久前说的话，
你还记得吗？

隋斯基

什么都记不起来啦。

沃罗登斯基

当众百姓到处女广场去的时候，
你说……

隋斯基

现在不是回忆的时候，
奉劝老兄有时候得把它忘记。
再说，我是故意说出些诽谤的话，
那时只是想把你试探一下，
看看你心里在悄悄地想些什么；
好吧，你看百姓都在朝贺沙皇——
我不在场会被人发现。现在
我得随他一块儿去。

沃罗登斯基

好一个奸臣！

夜。丘多夫修道院[1]净室

（一六〇三年）

皮缅神父，睡着的格里戈利

皮　缅

（在神灯前写作）

还有一篇，最后一篇纪事——
我这一本编年史就要写完了，
上帝交给我这个罪人的职责
就要完成。并非无缘无故
上帝让我做这些年代的见证人，
并且启示我著书立说的艺术；
有朝一日哪一位勤奋的修士
也许会发现我这无名的著作，
会像我一样，点亮面前的神灯——
拂去羊皮书上几个世纪的灰尘，
重抄这些真实记载的故实，

① 丘多夫修道院在克里姆林宫内。

告示所有正教徒的子孙
这片故土上往日经历的命运，
让他们缅怀历代伟大的沙皇，
记住他们的功绩、荣誉和善行——
并且为他们的罪孽和不良行为
向救主谦恭地祷告，求他饶恕。
　　到垂暮的时候我又重新体验，
往事一页页从我眼前翻过——
历史上有多少事件才闪过多久？
它一浪接一浪犹如汹涌的海洋。
现在历史已经沉默与平静，
记忆留给我的只有少数人，
不多的话语传到我的耳中，
其余的已经泯灭，一去不返……
日子近了，灯油快要燃完——
还有一篇，最后一篇纪事。
（写）

格里戈利

（醒来）

同一个梦！怎么可能？已是第三次！
这梦真讨厌！……老头儿一直坐在
神灯前写啊写啊——睡眼蒙眬，
这么说，通宵达旦没闭过眼睛。
当他一心沉浸在往事中的时候，
我是多么喜欢他那安详的神态，

他在写那历史的纪事，我常常
想要猜测他在写些什么。
是不是在写鞑靼人的黑暗统治？
是不是在写残暴的伊凡的死刑？
写诺夫哥罗德热烈的市民会议？
写祖国的光荣历史？真没办法。
无论是高高的前额、安详的目光，
从哪里你都看不出他隐秘的思想；
他的神态总是那么谦和而庄严。
像个衙门里白发苍苍的文书，
平静地看着无辜的义人和罪人，
淡漠地听着人世的善行与恶行，
他心中没有怜悯，也没有愤怒。

皮　缅

你醒了，老弟。

格里戈利

　　　　　　请你为我祝福。
正直的神父。

皮　缅

　　　　　　上帝祝福你，
今天，将来，以至世世代代。

格里戈利

你一直在写作，一刻没打过瞌睡，
可是魔鬼的幻象却使我一刻
不得安宁，仇敌在把我折磨。
我梦见，有一架陡直的高高的扶梯
把我引向塔楼；从塔楼顶上
我看见莫斯科就像一个蚁窝；
下面广场上老百姓人声鼎沸，
纷纷发出笑声对我指指点点，
我感到又是羞愧又是害怕，
于是从上面掉了下来，我惊醒了……
我一连三次做了同样一个梦。
奇怪不奇怪？

皮　缅

年轻人血气太盛；
你应该用祈祷和斋戒平息你的心，
那时候你的梦将会充满轻快的
幻象。直到如今我有时也会
无法控制住瞌睡，精神委顿，
入睡之前没有长久地祈祷——
我这老年人的梦也不安宁纯净，
我有时会梦见欢腾笑闹的宴饮，
有时会梦见军营和浴血的肉搏、
青年时代疯狂的寻欢作乐！

格里戈利

你的青春岁月过得多么快乐！
你曾在喀山的城楼底下战斗，
你曾在隋斯基麾下抗击立陶宛，
你见识过伊凡的皇宫和豪华生活！
多么幸福！可我从少年时代起
就在净室间流浪，可怜的小修士！
为什么我不能在战斗中得到欢乐？
为什么不能在沙皇的宴会上畅饮？
到年老的时候我也会像你一样
抛弃尘世，抛弃人世的浮华，
发誓过一辈子出家人的生活，
从此关进清静的修道院修行。

皮　缅

老弟，别抱怨，说至高无上的上帝
让你太少经受世上的诱惑，
你过早地抛弃了这个罪恶的世界。
相信我：荣誉、女人狡黠的爱情、
奢侈的生活正远远地诱惑着我们。
我阅历不少，享受过许多欢乐，
可是自从上帝引导我到修道院，
这时我才尝到了真正的幸福。
孩子，你设想一下伟大的君王吧。
谁比他们尊贵？唯有上帝。
谁敢反抗他们？没有。结果呢？

他们却常常感到金冠的沉重：
他们把金冠换成了修士的僧帽。
沙皇伊凡就曾在修道院一类的
功课中寻找他的心灵的宁静。
那拥有许多高傲宠臣的皇宫
简直成了一座新的修道院：
戴着小圆帽、穿着粗呢衣的禁卫兵
成了谦恭顺从的黑衣修道士，
威严的沙皇也成了谦和的修道院长。
我看见这里，就在这间净室
（当时住着受过许多苦难的基里尔，
一个正直的好汉。那时候上帝
也已经让我明白尘世浮华的
渺小），我看见这里住着皇上，
他由于暴怒和杀人已疲惫不堪。
雷帝默默地坐在我们中间，
和我们轻声细语促膝长谈，
我们都默默肃立在他的面前。
他对修道院长和弟兄们说道：
"神父们，盼望已久的日子到了，
我这渴望拯救的人就站在这里。
你，尼科季姆，你，谢尔吉，你，基里尔，
请你们接受我出自灵魂的誓言：
我这罪孽深重的罪人如今
来到这里，俯伏在你们面前，
我要在这里接受苦修的戒律。"

威严的皇帝竟然说了这样的话，
话语令人欣慰地出自他的口中，
他哭了。我们都痛哭流涕地祷告，
求上帝赐予他那饱受痛苦
和不安的灵魂以爱心和安宁。
他的儿子费多尔呢？他在皇位上
朝思暮想着沉默修士所过的
宁静生活。他把君王的宫殿
变成了供他修行祈祷的净室；
在那边，繁重而让他发愁的国务
并不扰乱他那圣洁的心灵。
上帝垂爱这位沙皇的谦恭，
俄罗斯在他治理下国泰民安，
尽享太平——在他薨逝的时候
出现了一个闻所未闻的奇迹：
一个浑身放射着光芒的男人
来到他的病榻前，唯有皇上看见，
费多尔沙皇和他娓娓地交谈，
谈话中还称他为伟大的主教。
周围的臣子无不大惊失色，
知道这是上天向君王显圣，
因为那个时候在皇宫里面
沙皇面前并没有主教出现。
当他升天的时候，整座皇宫
到处充溢着神圣的馥郁的馨香，
他的脸像太阳一样光辉灿烂，

我们再也不会看见这样的君王。
啊！可怕的空前未有的灾难！
我们激怒了上帝，犯下了罪孽：
我们竟把一个弑君的凶手
称作圣主。

格里戈利

　　　　　　正直的神父，我早就
想要问你，季米特里皇子
是怎么死的。据说，那时你正好
待在乌格里奇。

皮　缅

　　　　　　　　啊，我记得！
上帝让我目睹了这件罪恶，
血腥的罪行。那个时候我奉派
到遥远的乌格里奇去履行劳务；
我深夜到达，第二天早祷的时候
突然听到当当的钟声在报警，
人们呼叫、喧哗，奔向皇后的宫中。
我奔向那里，那里已挤满百姓。
我看到：地上躺着被杀害的皇子，
他母亲伏在他身上已不省人事，
奶妈在一旁没命地号啕大哭，
老百姓在那里个个怒发冲冠，
曳着不信神的背叛皇家的保姆……

比嘉戈夫斯基那犹大突然在人群里
出现，他狂暴，凶狠得脸色煞白。
“瞧，这就是凶手！”众人叫喊着，
转眼他已不知去向。百姓当即
追踪那三个逃跑的杀人凶手；
人们终于抓住躲藏的暴徒，
把他们带到尸体未寒的皇子前，
真是奇迹——死尸突然颤动起来。
“你们快忏悔吧！”百姓对他们大叫：
凶手在斧头威胁下终于恐惧地
招供——指使人就是鲍里斯。

格里戈利

被杀害的皇子当时有多大岁数？

皮　缅

七岁，如今要是活着该是……
（这件事已过去十年……不，不止：
已十二年，）他应该和你同年，并当上了
皇帝，但上帝做了另一种决定。
　　现在我就用这段可悲的故事
结束我的编年史；从那时候起
我就很少过问世事。格里戈利兄弟，
你已经初具学识，知书达理，
我要把这著作传给你。在完成
圣教功课之余，有空闲时间，

你不要自作聪明，要勤奋写作，
记下你在生活中看到的一切，
诸如战争与和平、君王的治国、
神的侍者所作的神圣的奇迹，
上天所昭示的预言和各种征兆——
现在已到了我去休息的时候，
我得吹灭神灯……可是早祷的
钟声响了……主啊，请你祝福
你的仆人……把拐杖给我，格里戈利。

（下）

格里戈利

鲍里斯，鲍里斯！人们都在你面前
发抖，谁也不敢对你提起
不幸的皇子惨遭杀害的命运……
可是却有一个隐士在幽暗的净室，
在这里写下对你的严正控告，
你无法逃避人世法庭的制裁，
正如无法逃避上帝的审判。

主教大堂

主教，丘多夫修道院院长

主　教

院长神父，他就这么跑了吗？

修道院长

跑了，圣明的主教。已经第三天了。

主　教

这该死的家伙！他出身什么家族？

修道院长

他出身奥特烈皮耶夫家族，加利奇贵族的后裔。小时候不知在哪里落发为僧，在苏兹达尔住过，在叶菲米耶夫修道院修行，离开那里以后，换过几个修道院，最后来到我的丘多夫僧团，我看到他年纪尚小，不谙世事，便让他在皮缅神父手下修业，那是个温和谦恭的老人；他见多识广：读过我们的编年史，为圣徒写过赞美诗；可是，他的知识并非从上帝那里得到……

主　教

好一个读书人！亏他想得出！“我要在莫斯科做沙皇！”一个着魔的家伙！可是这件事不能禀告皇上，何必惊动老爷子？只要把他逃跑之事报告斯米尔诺夫秘书或叶菲米耶夫秘书就够了。真是异端邪说！“我要在莫斯科做沙皇！”……得抓住，抓住这个魔鬼，把他送到索洛韦茨基修道院[①]去终身忏悔。真是异端邪说，院长神父。

修道院长

异端邪说，圣明的主教，彻头彻尾的异端邪说。

① 城堡，建于十五世纪白海的索洛韦茨基岛上，为流放地。

皇　宫

二御前大臣

甲

皇上在哪里？

乙

　　　　　　在他的寝宫里，
关起门来和一个巫师谈话。

甲

不错，这是他最喜欢的谈话：
一些法师、算命先生和巫师。
老是算命，像个待字的闺女，
真想知道，他到底想算些什么。

乙

瞧，他来了，能不能问问他？

甲

他愁容满面!

（下）

沙 皇

（上）

　　　　我得到了最高权柄，
太太平平统治了六个年头。
但我心中没有快乐。难道
我们年轻时不也是这样恋爱、
渴望爱情的欢乐，可是在得到
片刻的满足、快乐一阵以后，
不也是心灰意懒，又烦恼，又痛苦？……
法师们都预言我的朝代将会
长治久安，可这又有什么用——
权柄和生活都不能给我快乐；
我预感上天会降下雷霆和灾难。
我没有幸福。我想让自己的百姓
丰衣足食，在强盛中安享太平，
用浩荡皇恩换取他们的爱戴，
但我放弃了这种无益的操心：
无知的百姓憎恨活着的君主，
他们只会爱戴死去的帝王。
百姓的鼓掌欢呼或愤怒吼叫
惊动了我们，我们便六神无主!
上帝给我们大地降下饥荒，

百姓嗷嗷直叫，在磨难中饿死，
我开仓赈济灾民，把金子散发给
他们，我为他们安排好营生，
他们却发疯一样把我诅咒！
不幸的火灾烧毁他们的房屋，
我为他们盖好了新的住房。
他们却因火灾把我痛骂一顿！
这就是愚民的裁判，去找他们的爱吧。
我想在自己家里寻找欢乐，
结一门好亲使女儿得到幸福——
可猝死像一阵风雨带走了女婿……
这时流言蜚语又起，硬说我，
硬说我这个生来命苦的父亲
是造成女儿寡居的罪魁祸首！……
不管谁死了，我总是幕后的凶手：
是我制造了费多尔皇帝的夭亡，
是我毒死了荣当皇后的妹妹——
她是个那么温顺的修女……都是我！
啊！我感到：在这悲哀的世界中
没有什么能使我们得到安慰；
没有什么，没有什么……唯有良心。
只有一颗健全的良心才能
战胜罪恶，战胜恶毒的诽谤。
但是良心上要是有一个污点，
唯一一个偶然沾上的污点，
那就活该倒霉！心头会灼痛，

像染上瘟疫，心中灌满毒汁，
谴责像锤子在耳边敲个不停，
你会心烦意乱，头晕脑涨，
血淋淋的小孩总在眼前出现……
你真想逃走，可是逃不掉……可怕！
啊，良心不干净的人真可怜。

立陶宛边境的小酒店

游方修道士米沙伊尔和瓦尔拉姆，
俗扮的格里戈利·奥特烈皮耶夫，
老板娘

老板娘

正直的神父，你们用些什么？

瓦尔拉姆

随便什么，老板娘。可有酒吗？

老板娘

怎么会没有，我的神父！我这就去拿。

（下）

米沙伊尔

伙计，你发什么愁？这就是你一心想来的立陶宛边境。

格里戈利

只要没到立陶宛，我就不会安心。

瓦尔拉姆

你怎么这样喜欢立陶宛？你看我们两个，米沙伊尔神父和我这个罪人，一溜出修道院就什么也不想啦。立陶宛也好，俄罗斯也好，三弦琴也好，古斯理琴也好：只要有酒喝，反正一个样……瞧，酒来了！……

米沙伊尔

说得有理，瓦尔拉姆神父。

老板娘

（上）

我的神父，酒来啦。请喝吧。

米沙伊尔

谢谢，亲爱的，上帝祝福你。

（二修士喝酒，瓦尔拉姆唱起歌来：在喀山，在城里……）

瓦尔拉姆

（对格里戈利）

你为什么不跟着唱，也不喝一点？

格里戈利

没心思。

米沙伊尔

随他去。

瓦尔拉姆

让我们来喝个痛快，米沙伊尔神父！我们为老板娘干一杯……

可是，米沙伊尔神父，我喝酒的时候不喜欢有人光看热闹。喝醉是一回事，傲慢又是另一回事；你想像我们一样过日子，我们欢迎，要不然你就滚，做戏的和神父走的不是一条道。

格里戈利

喝是可以喝，不过要量力而行，瓦尔拉姆神父！说大道理我也会。

瓦尔拉姆

我干吗要量力而行？

米沙伊尔

别跟他闹啦，瓦尔拉姆神父。

瓦尔拉姆

他算什么出家人？是他自己搭上来的，也不知道是个什么东西，从哪儿来的，还要摆臭架子，说不定是个坐过老虎凳的……

（边喝边唱：小修士落发为僧……）

格里戈利

（对老板娘）

这条路通到哪里？

老板娘

通到立陶宛，我的顾客，通到鲁瑶夫山。

格里戈利

离鲁瑶夫山远吗？

老板娘

不远，要不是有沙皇的关卡和警察把守，傍晚就可以赶到。

格里戈利

怎么，还有关卡！这是什么意思？

老板娘

有人从莫斯科逃出来。有命令把所有的人拦下来仔细检查。

格里戈利

（自言自语）

奶奶，碰上尤里节了。①

---

① 尤里节系教会节日，在俄历十一月二十六日。这一天前后各一周内，农奴可以自由从一个地主家转到另一个地主家去，十六世纪末农奴的这点权利也被沙皇政府剥夺了。这个成语的意思是“倒大霉了”。

瓦尔拉姆

喂，伙计！跟老板娘分不开啦。这么说，你不是来喝酒而是来吃奶的。好啊，老弟，好啊！每个人都有自己的爱好，我和米沙伊尔神父只想着一件事：一干到底，然后把杯子倒过来，一拳打碎。

米沙伊尔

说得好，瓦尔拉姆神父……

格里戈利

他们要抓谁？谁从莫斯科逃出来了？

老板娘

天知道，也许是小偷，也许是强盗——不过如今这里连好人也过不去啦。可有什么结果呢？什么也没有，他们连个秃头魔鬼也抓不到，好像到立陶宛去除了大路就没有别的路好走似的！你瞧，哪怕从这里向左边拐弯，从树林里的小路走到切康河边的小教堂，然后从那里穿过沼泽地直接到赫洛皮诺，再从那里走到扎哈里耶夫，从那边随便哪个小孩子都可以把你带到鲁瑶夫山。这些警察只会欺侮过路人，敲诈我们穷人。（听见喧闹声）出什么事啦？噢，是他们，这些该死的家伙！他们巡逻到这里啦。

格里戈利

老板娘！这房子里有没有别的房间？

老板娘

没有，亲爱的。我自己也想藏起来。要光是巡逻倒也罢了，还得给他们喝酒吃面包，天晓得还要些什么——这些该死的东西，叫他们不得好死！叫他们……

（警察上）

警察甲

好啊，老板娘！

老板娘

欢迎，尊贵的客人，请多关照。

警察甲

（对警察乙）

嘿，这儿有人在喝酒，咱们也好沾沾光啦。（对修道士）你们是些什么人？

瓦尔拉姆

我们是侍奉上帝的长老，本分的僧人，走村串户给修道院化点缘。

警察甲

（对格里戈利）

你呢？

米沙伊尔

我们的伙伴……

格里戈利

我是乡下人，送两位长老到边境，这就要回去。

米沙伊尔

这么说，你改变主意啦……

格里戈利

（低声）

别作声。

警察甲

老板娘，再拿些酒来，我们要和长老们喝两杯，谈谈话。

警察乙

那小伙子看样子是个穷光蛋，从他身上榨不出什么油水，可那两个长老……

警察甲

别作声，现在就来对付他们——怎么样，神父们？进账不少吧？

瓦尔拉姆

很糟，孩子，很糟！如今基督徒都变得小气啦；他们都贪财，把钱藏起来。献给上帝的很少。世上的人有祸啦。大家都去做生意，都在骗钱；只想在人世发财，不想灵魂得救。你走啊走啊，求爷爷告奶奶，有时三天也要不到三个子儿。真是罪过！过了一个礼拜，两个礼拜，往钱袋里一瞧，只有那么一点钱，交到修道院里都难为情，怎么办？狠狠心便把剩下的钱喝掉了；真叫倒霉。——啊，真糟糕，世界末日快到了……

老板娘

（哭）

主啊，赦免我们，拯救我们!

（在瓦尔拉姆说话时，警察甲注视着米沙伊尔）

警察甲

阿列哈，沙皇的告示带来了吗？

警察乙

带来了。

警察甲

拿过来。

米沙伊尔

你干吗这样盯着我？

警察甲

是这么回事：有个可恶的邪教徒从莫斯科逃跑了，他叫格里沙[①]·奥特烈皮耶夫，你听说过吗？

米沙伊尔

没听说过。

警察甲

没听说过？好吧，沙皇命令，要把那个逃跑的邪教徒捉拿归案，吊死。你知道吗？

瓦尔拉姆

不知道。

警察甲

（对瓦尔拉姆）

你识字吗？

瓦尔拉姆

小时候认得几个字，现在忘得差不多了。

警察甲

（对米沙伊尔）

你呢？

米沙伊尔

上帝没让我开窍。

---

① 格里戈利的小称。

警察甲

你看看皇上的告示。

米沙伊尔

给我干吗？

警察甲

我觉得，这个逃跑的邪教徒、小偷、骗子就是你。

米沙伊尔

我！行行好吧，你怎么啦？

警察甲

等一等，把好门。我们这就来核对。

老板娘

啊，真是些该死的害人精！连长老都不放过！

警察甲

这儿有谁识字？

格里戈利

（走上前去）

我识字。

警察甲

真没想到！你是跟谁学的？

格里戈利

跟圣堂杂役学的。

警察甲

（给他告示）

大声读。

格里戈利

（读）

“查丘多夫修道院劣等修士格里戈利·奥特烈皮耶夫因堕入邪教，目无法纪，受魔鬼指使，竟以百般诱惑和不法行为扰乱神圣的僧团。现已查明，该格里什卡[①]罪犯已逃往立陶宛边境……”

警察甲

（对米沙伊尔）

怎么不是你？

格里戈利

“沙皇下令将他捉拿归案……”

① 格里戈利另一小称。

警察甲

并吊死。

格里戈利

这里没有说“吊死”。

警察甲

胡说。不是每一个字都写在上面的。读：捉拿归案并吊死。

格里戈利

“并吊死。该小偷格里什卡年已……（看看瓦尔拉姆）五十开外，中等身材，秃顶，胡须花白，大肚皮……”

（众人看着瓦尔拉姆）

警察甲

弟兄们！这就是格里什卡！抓住他，捆起来！真没有想到，没有料到。

瓦尔拉姆

（夺过告示）

滚开，狗崽子！我怎么是格里什卡？怎么，五十开外，胡须花白，大肚皮！不，老弟！跟我开玩笑你还太嫩。我好久没看书了，看不大懂，可现在事情关系到要吊死人，我就不能不搞个明白啦。（一个音节一个音节地读）“他……年……约……二十岁”——什么，老弟，哪里写着五十岁？

《鲍里斯·戈杜诺夫》Г. Г. 米亚索叶多夫 绘 1862 年

明明是二十岁。

警察乙

不错，我记得是二十岁。上司也是这么说的。

警察甲

（对格里戈利）

老弟，我看你倒很会开玩笑。

（瓦尔拉姆读告示时，格里戈利低着头，把手插在怀里）

瓦尔拉姆

（继续读）

“个子矮小，胸部宽阔，一只手臂比另一只短，蓝眼睛，红头发，脸颊上有颗痣子，额头上也有一颗。”朋友，这难道不是你吗？

（格里戈利突然拔出匕首，所有的人都从他跟前避开，他趁机跳出窗外）

二警察

抓住他！抓住他！

（众人乱哄哄地跑下）

莫斯科。隋斯基家

隋斯基，众宾客。晚宴。

隋斯基

再干一杯。

（站起，众宾客随之起立）

好吧，亲爱的贵客，

让我们干最后一杯！读祷文，侍童。

侍　童

无时不在无处不在的上帝，

请听你的奴仆的虔诚祷告：

我们在为你所挑选的皇上，

为全体基督徒所信赖的沙皇，

为虔诚的专制制度的君王而祈祷。

请你保佑他，无论在皇宫，在战场，

在旅途，还是在晚上安寝的时候；

让他在与强敌争战中取得胜利；

祝愿他威名远扬，遍于四海；

祝愿他的皇族健康兴旺；

祝愿皇族尊贵的支脉庇荫
整个世界；祝愿他对待我们——
他的奴仆一如既往，恩宠有加，
慈悲为怀，能够长久忍耐；
祝愿他那永不枯竭的智慧
像泉水长流不息，滋润我们；
让我们为上述的心愿高举金杯，
向你，我们的上帝，虔诚祈祷。

隋斯基

（干杯）

祝愿我们伟大的君王万岁！
我们后会有期，诸位贵客，
感谢你们光临寒舍，不嫌弃
我的面包和盐。再见，晚安。

（众宾客下，送他们到门口）

普希金

总算走了。喂，瓦西里·伊凡诺维奇[①]公爵，我还以为我们谈不成呐。

隋斯基

（对众仆人）

你们还张着嘴站着干什么？尽想偷听主人的谈话。把桌子

① 隋斯基的名字和父称。

收拾好滚开吧。——什么事，阿法纳西·米海洛维奇[①]？

普希金

简直是奇迹。

今天我的侄儿加甫里拉·普希金

派信差从克拉科夫给我送来信。

隋斯基

有什么事？

普希金

侄儿捎来了奇怪的消息。

伊凡雷帝的儿子……等一等。

（走到门口张望一下）

皇子，

让鲍里斯派人杀害的那一个……

隋斯基

这已经不是新闻。

普希金

且慢作结论：

季米特里还活着。

---

① 普希金的名字和父称。

隋斯基

竟有这种事！
皇子还活着！这可真是奇迹。
就这一点吗？

普希金

你仔细听我说完。
不管他是谁，是那个获救的皇子，
还是某个冒名顶替的家伙，
还是大胆的骗子，无耻的自称者，
事实是，季米特里在那里出现了。

隋斯基

不可能。

普希金

是加甫里拉亲眼所见，
他第一次来到宫廷里，就是
直接穿过立陶宛贵族的行列，
走进了国王机要事务的宫室。

隋斯基

他是何许人？从哪儿冒出来？

普希金

谁也不知道。

只知道他做过维什涅维茨基[①]的
侍仆，有一次他生病，在病床上
向忏悔神父公开了自己的身份，
那神父是个高贵的贵族，了解了他，
便好好照料他，治好他身上的病，
陪着他一起去见西吉斯孟德[②]。

隋斯基

大家怎么议论这胆大包天的人？

普希金

听说他聪明机灵，彬彬有礼，
甚是讨人喜欢。莫斯科的逃亡者
都为之赞叹不已。天主教神父
都和他沆瀣一气。国王安抚他，
据说，还亲自答应全力帮助他。

隋斯基

老兄，这一切全是胡作非为，
弄得人不由自主，晕头转向。
毫无疑问，这定是冒名顶替，
可我承认，这件事危害不小。

---

① 维什涅维茨基家族系十六至十七世纪波兰立陶宛的贵族，左岸乌克兰的大地主，在国家和军队中占居高位，其家族中的耶利米·维什涅维茨基曾参与一六三二至一六三四年反对俄国的战争。

② 指西吉斯孟德三世（1566—1632），波兰立陶宛国王、瑞典国王，十七世纪初干涉俄国的策划者之一。

这个消息很重要！一旦传到
百姓那里，那真是莫大祸殃。

普希金

这样的祸殃恐怕鲍里斯沙皇
那智慧的脑袋也保不住皇冠。
他这是自作自受！他统治我们
一如沙皇伊凡（夜里提起他都害怕）。
他有什么好，虽然没公开杀人，
虽然不叫我们当众为执行
血淋淋的桩刑[①]向基督高唱赞美诗，
虽然不在广场上焚烧我们，
他也不用权杖把炭火拨拢？
我们能放心过这种危难的日子？
我们每天都可能失宠，监狱、
流放、僧帽、镣铐在等着我们。
在荒僻的地方我们将饿死、被吊死。
我们那最有名望的家族在哪里？
西茨基公爵家在哪里？舍斯杜诺夫、
罗曼诺夫家族，祖国的希望在哪里？
都在流放地幽禁，受苦受难。
等着吧，你也逃不掉这样的命运。
我们在家里，也像在立陶宛一样，

① 一种酷刑。将一木桩竖于地上，上端削尖，将受刑者的肛门戳于桩尖，坐在其上，让木桩逐渐刺入腹中，直至颈部，约一昼夜而死。

周围尽是一些靠不住的奴仆；
那些被官府收买的家贼随时
准备告密；你说，这日子可好过！
只要我们想处罚哪个奴隶，
我们的命运就维系在他的身上。
可不是，他这会儿又想起取消尤里节，
我们在自己的庄园里也不能做主。
你不能赶走懒汉！高兴不高兴，
你都得养活他；你也不敢吸引
别人的长工！否则请进奴隶衙门。
哼，即使伊凡沙皇在位时，
可听见这种事？百姓是否好过些？
你去问他们。要是冒名的皇子
答应给他们恢复古代的尤里节，
那可就好玩啰。

隋斯基

你说得对，普希金。
可你是否懂得，时候未到，
这件事我们得保持沉默？

普希金

那还用说，
大家心里有数。你是个聪明人，
我总是喜欢和你促膝谈心，
有时有什么事使我心中烦恼，

我总是忍不住要对你倾诉衷肠。
再说你的蜜酒和可口的啤酒
今天也完全打开了我的话匣子……
再见吧，公爵。

隋斯基

再见，老兄，再见。

（送普希金出去）

皇　宫

皇子（在画地图）、
公主、公主的奶妈

克谢尼娅

（吻画像）

我亲爱的未婚夫，英俊的王子，你没有得到我，没有娶到未婚妻——你得到的是异邦幽暗的坟墓。我永远得不到安慰，我要一辈子为你哭泣。

奶　妈

唉，公主！闺女哭就像天上掉下的露珠，太阳一出来，露珠就晒干了。你会有另一个未婚夫，一个又英俊又彬彬有礼的未婚夫。你会爱上他，我可爱的孩子，你会忘记王子的。

克谢尼娅

不，妈妈，我要忠于死去的未婚夫。

（鲍里斯上）

沙　皇

怎么啦，克谢尼娅？怎么啦？我亲爱的？
还没有做新娘就做了悲伤的寡妇！
你一直在为死去的未婚夫痛哭。
命运并没有注定我要成为罪人
去破坏你应该得到的美满姻缘。
我大概是什么时候触怒了上天，
不能为你安排一生的幸福。
无辜的孩子，你为什么这样痛苦？
而你，我的儿子，你在忙什么？这是什么？

费多尔

莫斯科疆域的地图，我们的王国
从边疆到边疆。你看：这是莫斯科，
这是诺夫哥罗德、阿斯特拉罕，
这是海洋、彼尔姆茂密的森林，
这是西伯利亚。

沙　皇

　　　　　　　这又是什么，
一根弯弯曲曲的线？

费多尔

　　　　　　　　　伏尔加河。

沙　皇

太好了！这就是学习的甜蜜结果！
就像在云端，你突然能够看到
整个王国：国境、城市、河流。
孩子，好好学习：科学会缩短
我们迅速流逝的生命的历程——
说不定哪一天，就在不久以后，
如今你那么巧妙画在纸上的
那些省份，我们皇家的土地，
会全部交到你手里，归你掌管。
学习吧，我的孩子，这样你就会
更轻松、更英明地治理你的王国。

（谢苗·戈杜诺夫上）

这是戈杜诺夫来向我报告国事。

（对克谢尼娅）

我的宝贝，回你的寝宫去吧，
再见，亲爱的孩子。上帝保佑你。

（克谢尼娅同奶妈下）

你有什么事，谢苗·尼基季奇①？

谢苗·戈杜诺夫

拂晓之前，瓦西里公爵的管家和
普希金的侍仆到我这里来报告。

① 尼基季奇为谢苗的父称，戈杜诺夫是他的姓，通常人名与父称连用表示尊敬。

沙　皇

什么事？

谢苗·戈杜诺夫

普希金的侍仆先来报告，
说昨天早晨有信使从克拉科夫
来到他家，仅仅过一个小时
没带文件又打发他原路回返。

沙　皇

抓住那信使。

谢苗·戈杜诺夫

已经派人去追了。

沙　皇

隋斯基有什么动静？

谢苗·戈杜诺夫

昨晚他宴请
朋友，有米洛斯拉夫斯基兄弟，
布图尔林夫妇，米海伊尔·萨尔蒂科夫，
普希金——另外还有几个朋友；
散席时已经很晚。只有普希金
和主人两个人单独留了下来。
他们两个人在一起密谈了很久。

沙　皇

立即派人去传隋斯基。

谢苗·戈杜诺夫

皇上，

他已经来了。

沙　皇

那就宣他进宫。

（戈杜诺夫下）

沙　皇

和立陶宛勾勾搭搭！这算什么事？

我一向讨厌叛逆的普希金家族，

对于隋斯基也不能够信赖：

他总是吞吞吐吐，又大胆，又狡猾……

（隋斯基上）

公爵，我正想找你进宫谈谈，

看样子，你自己来了，定有事情：

那么，我想先听听你有何高见。

隋斯基

是这样，皇上，我有责任向你禀报

重要消息。

沙　皇

我就听你谈谈。

隋斯基

（悄悄指指费多尔）

可是，皇上……

沙　皇

隋斯基公爵想报告

什么，皇子但听无妨。说吧。

隋斯基

皇上，立陶宛传来消息，说……

沙　皇

是不是

信使昨天带给普希金的消息？

隋斯基

他都知道了！——皇上，我还

以为你不知道这个秘密呐。

沙　皇

这无关紧要，公爵，我要考虑

各种消息；否则，我们就不能

知道真情。

隋斯基

我只知道一件事，
克拉科夫出现了自称的皇子，
而且国王和贵族都在支持他。

沙　皇

他们都说些什么？自称的皇子是谁？

隋斯基

不知道。

沙　皇

但是……他有什么危险？

隋斯基

不用说，皇上，你的江山固若磐石，
你慈悲为怀，爱民如子，恩泽四方，
赢得所有臣民的爱戴与称颂。
然而你也深知，无知的愚民
反复无常，常怀二心，迷信鬼神，
容易追求虚无缥缈的希望，
盲目听信流传一时的妖言，
却充耳不闻、冷漠对待真理，
他们整日价靠胡思乱想过日子。
他们喜欢不知羞耻地冒险。

假如那个我们所不了解的
歹徒果真越过立陶宛边境，
重新出现的季米特里的名字
将会吸引一大批疯狂的百姓。

沙　皇

季米特里！……怎么？那个孩子！
季米特里！……皇子！你且走开。

隋斯基

他的脸涨红了：暴风雨来了！……

费多尔

父皇，
请允许……

沙　皇

不行，我的孩子，走吧。
（费多尔下）
季米特里！……

隋斯基

他什么也不知道。

沙　皇

听好，公爵：立即采取措施，

封锁俄罗斯和立陶宛的边境，
在那里设卡；不让一个游魂
越过这边界；不让一只兔子
从波兰跑来，也不让一只乌鸦
从克拉科夫飞到这里。退下。

隋斯基

臣告退。

沙　皇

　　　　等一等。这个消息完全是
凭空捏造，对不对？你可听见过
死人会从棺材里爬出来质问
皇帝，质问合法执政的皇帝，
质问顺应天命、万民挑选、
由大主教亲自加冕的皇帝？你认为
可笑吗？呃？怎么，你为什么不笑？

隋斯基

我，皇上？……

沙　皇

　　　　　　听我说，瓦西里公爵：
据我所知，这个孩子被……
这个孩子失去生命的时候，
你曾奉派去实地调查，现在

我以十字架和上帝的名义恳求你，
凭你的良心，将事情如实告诉我：
你是否看准了那被杀害的孩子，
有没有偷梁换柱？你如实回答。

隋斯基

我向你发誓……

沙　皇

不，隋斯基，别发誓，
但你要回答我：那是不是皇子？

隋斯基

是他。

沙　皇

你仔细掂量，公爵。我愿开恩，
对过去的谎言我不用徒然的贬谪
加以惩罚。但是如今假如你
再和我耍滑头，我将以儿子的脑袋
发誓——我对你决不轻饶：
对你的刑罚连伊凡·瓦西里奇[①]
在棺材里面也会心惊肉跳。

① 即伊凡雷帝，以残暴著称。

隋斯基

死刑不可怕，可怕的是失去皇恩；
在你面前我岂敢耍弄阴谋？
难道我竟会如此盲目、糊涂，
连季米特里也认不出？我一连
三天到大教堂去守护那死尸，
全乌格里奇的百姓都伴随着我。
被百姓撕得粉碎的十三具尸体
就躺在他的周围，他们身上
已显出明显可见的腐烂的征象，
但皇子童稚的面容仍然明朗、
鲜嫩而安详，宛如正安然入睡；
身上深深的伤口尚未凝结，
脸上的特征一点都没有改变。
不，皇上，无须怀疑，季米特里
正安睡在棺材里。

沙　皇

（放心地）

行啦，退下吧。

（隋斯基下）

啊，多么难过……让我喘过一口气……
我感觉到：全身的血都涌到脸上，
朝脸上涌上来又沉重地退下去……
现在我明白了，为什么十三年来
我一直梦见那个被杀害的孩子！

对，就是这个缘故！我懂了。
可他是谁呢，我这可怕的仇敌？
是谁在威胁我？没意义的名字、幽灵——
难道这幽灵将剥下我的皇袍，
一句话就要夺去子孙的世袭？
我真发疯了！我有什么可害怕？
只消对这幽灵吹口气，他就消失。
就这么决定：别露出惊慌的样子——
可是对此却不能掉以轻心……
啊，你多么沉重，这君王的帽子！

克拉科夫。维什涅维茨基家

冒名皇子和切尔尼科夫斯基神父[①]

冒名皇子

不，我的神父，不会有什么困难，
我深深了解我国百姓的性情，
他们笃信上帝，而不会轻狂：
皇上的榜样对他们非常神圣。
而且他们会心平气和地忍耐。
我敢担保，要不了两年时间
我所有的百姓，所有的北方教会
都会承认彼得[②]代理人的政权。

神　父

等到另一个时代来到人世，
圣徒伊格纳提会来帮助你。
与此同时，皇子，你必须把上天

---

① 神父，原文为拉丁语。说明系罗马教皇派来的。
② 指罗马教皇。

恩赐的种子深深地埋在心底，
有时候灵性的责任会要求我们
在不知天机的世人前假装糊涂，
人们会评论你的言论和行为，
而只有上帝才能看见你的意图。

冒名皇子

阿门。谁？
（侍仆上）
传我的话：立即接见。
（大门洞开，一群俄罗斯人和波兰人上）
伙伴们！明天我们就要起程，
从克拉科夫出发，姆尼雪克，
我将在你的桑波尔逗留三天。
据我所知，你的好客的城堡
金碧辉煌，显出高贵的气派，
豆蔻年华的小姐，遐迩闻名。
我希望在那里能够亲眼看见
俏丽的玛丽娜。你们，我的朋友们，
立陶宛和俄罗斯，你们要高举
兄弟的大旗去征讨共同的敌人，
去征讨我那阴险狡猾的奸徒，
斯拉夫人的子孙们，我不久将要
率领你们威猛的大军去投入
盼望已久的战斗。这儿有陌生人。

加甫里拉·普希金

他们来投奔你的麾下，请求
宝剑和效劳。

冒名皇子

孩子们，欢迎你们
前来投奔。可是，普希金，这是谁，
这英俊的小伙子？

普希金

库尔勃斯基公爵。

冒名皇子

久仰！

（对库尔勃斯基）

你是喀山英雄[①]的亲属？

库尔勃斯基

是他的儿子。

冒名皇子

他还健在？

① 指安德烈·库尔勃斯基（1528—1583），俄国公爵，大贵族，曾参加喀山远征，由于同伊凡四世处死的封建主过从甚密，担心被贬谪，于一五六四年逃往立陶宛，并参加过对俄战争。

库尔勃斯基

已去世。

冒名皇子

大智大慧！智勇双全的英雄！
可是自从他立志要为自己
所受的屈辱进行残酷的报复，
和立陶宛人出现在奥尔加的古城①下，
已经销声匿迹。

库尔勃斯基

我的父亲
在沃伦尼亚，在巴托雷国王②
恩赐给他的庄园里面度过
他的余生。他孤独，与世无争，
在科学研究中寻找自己的乐趣。
可这平静的劳作不能使他
得到安慰，他怀念青年时代
生活过的祖国，至死都在思念她。

冒名皇子

不幸的将领！他那生机勃勃、
叱咤风云一生的开端多辉煌。

---

① 指俄国的普斯科夫。据编年史记载，古罗斯王公奥列格于九〇三年将妻子奥尔加带出普斯科夫，献给基辅大公伊戈尔。
② 波兰国王。

名门出身的勇士，我很高兴，
他的后代已经同祖国和好如初。
父辈的过错无须再次提起，
让他们安息吧！过来，库尔勃斯基。
让我们握手！库尔勃斯基的儿子
要把谁扶上皇位？——伊凡的儿子……
奇怪不奇怪？人们和命运都拥戴我。
你是谁？

波兰人

索邦斯基，自由的小贵族。

冒名皇子

赞誉和光荣都属于你，自由之子！
提前发给他三分之一的饷银。
这几位是谁？从他们身上所穿的
故土的服装，我认出是我们自己人。

赫鲁晓夫

（叩头）

正是，我们的父皇，我们正是
你的赤胆忠心的被驱逐的奴仆。
我们是被贬谪的臣子，从莫斯科
前来投奔你，我们的沙皇，我们
心甘情愿为你捐躯，让我们
用尸体做成你登上皇位的台阶。

冒名皇子

鼓起勇气，无辜受难的臣民——
只要你们帮助我打回莫斯科，
我们就要和鲍里斯算清这笔账。
你是谁？

卡列拉

　　　　哥萨克。我从顿河来投奔
陛下，是自由的军队、剽悍的统领
和上游与下游哥萨克派我前来
瞻仰沙皇陛下明亮的慧眼，
并代表他们来向你鞠躬致敬。

冒名皇子

我了解顿河人。毫不怀疑将看见
自己的军队里出现哥萨克的旌节。
感谢我们顿河流域的军队。
我们都知道，如今哥萨克兄弟
都受到很不公正的压制和迫害；
但是，只要上帝帮助我登上
祖辈留传的皇位，我们会按照
古礼优抚忠心的自由顿河。

诗　人

（走上前去，深深地鞠躬，

抓住格里什卡的衣裾）

伟大的亲王，圣明的皇子殿下！

冒名皇子

你有什么事？

诗　人

（呈上一张纸）

　　　　　　皇子大恩大德，

请收下这辛勤劳作的浅薄成果。

冒名皇子

我看见的是什么？一首拉丁文的诗！

宝剑与竖琴的结合，百倍地神圣，

一根月桂把它们和谐地缠绕。

我虽生长在北方的天空底下，

但我熟悉缪斯的拉丁语声音，

我喜爱帕尔那索斯山的花朵。

我竭诚相信诗人所说的预言。

不，他们火热的胸中沸腾着

喜悦，这并非徒然：颂扬功勋，

他们总是把它预先宣扬！

来吧，朋友。请接受这份礼物

作为纪念。

（给他戒指）

等命运之约在我身上
实现的时候，等我戴上祖先
遗留的皇冠，我希望能够再次
听到你甜润的声音，热情的颂歌。
缪斯颂扬光荣，光荣颂扬缪斯。①
好吧，朋友们，明天再见，再见。

众　人

进军，进军！季米特里万岁，
莫斯科亲王万岁！

① 原文为拉丁语。

桑波尔的姆尼雪克将军城堡

（一排灯火辉煌的厅室。音乐）

维什涅维茨基，姆尼雪克

姆尼雪克

他只和我的玛丽娜一个人讲话，
他如此迷恋的只有一个玛丽娜……
这事情弄得真好像就要结婚；
那么，依你看，你坦白说，维什涅维茨基，
我女儿真的要做皇后了吗？呃？

维什涅维茨基

是啊，奇迹……你想过没有，姆尼雪克，
我的侍仆竟要登上莫斯科的皇位？

姆尼雪克

你倒说说，我的玛丽娜怎么样？
我只是对她说，喂，你可要当心！
别把季米特里放跑！……事情
就完了。这会儿他跌进她的情网啦。

（乐队奏波兰舞曲，

冒名皇子和玛丽娜第一对上场）

玛丽娜

（低声对季米特里）

对，明天晚上，十一点正，

在椴树林荫道，我在喷泉旁等你。

（各自走开，第二对上）

男舞伴

季米特里看中了她什么？

贵夫人

怎么！

她是个美女。

男舞伴

是的，大理石的仙女：

眼睛、嘴唇没有生气和笑意……

（又一对上）

贵夫人

他并不漂亮，但模样讨人喜欢，

看得出他身上有着皇家的血统。

（又一对上）

贵夫人

什么时候进军?

男舞伴

　　　　　　等候皇子下令,

我们已准备停当,姆尼雪克小姐

和季米特里怕要把我们当俘虏。

贵夫人

做一回快乐的俘虏。

男舞伴

　　　　　　　　当然,假如你……

(各自分开,厅堂里走空)

姆尼雪克

我们都是老头儿,今儿别跳舞啦,

轰鸣的音乐并非在号召我们,

别去拉起漂亮的玉手亲吻——

啊,我还没忘记昔日的恶作剧!

如今已不是,已不是往昔时光:

青年人,我敢发誓,没那么大胆,

美人儿,也不像从前那样快活——

你得承认,朋友,一切都懒洋洋。

我的朋友,别管他们,走吧,

喝一杯匈牙利美酒,吩咐仆人

去荒芜的野地挖一瓶百年陈酒，
让我们两个人躲到角落里品尝
那芬芳扑鼻、浓郁如油的醇酒，
在那儿海阔天空，随便聊聊天，
走吧，老兄。

维什涅维茨基

说得对，朋友，走吧。

夜。花园。喷泉

冒名皇子

（上）

这就是喷泉，她就要来到这里。
我似乎生来不是个胆小的人，
我曾经看到死亡就在眼前，
面对死亡心儿也没有抖一下。
我曾经面临终身监禁的危险，
有人在追捕我，可我并不慌张，
我靠着大胆果断才没做阶下囚。
可是如今我为何气急败坏？
这压制不住的颤抖因何而来？
这颤栗是来自难以实现的愿望？
不——这是害怕。整整这一天
我都在等待和玛丽娜的幽会，
一切我都经过深思熟虑：
对她说什么，怎样迷惑她高傲的心，
称呼她为莫斯科沙皇的皇后——
可时候一到，我却忘得一干二净。
再也想不起反复背熟的话语，

堕入爱河弄得我心烦意乱……
但是什么闪了一下……簌簌响……安静……
不，这不过是一缕淡淡的月光，
一阵微风从这里拂过。

玛丽娜

（上）

皇子！

冒名皇子

是她！……我全身的血液都凝结了。

玛丽娜

季米特里！是您吗？

冒名皇子

迷人的甜美声音！

（向她走去）

你终于来了？我看见的真的是你吗？
单独和我在一起，在静夜的荫庇下？
这乏味的一天过得多么慢哪！
这晚霞好容易才慢吞吞地消隐！
我在这幽暗的黑夜等候了多久！

玛丽娜

时间在飞跑，我的时间很宝贵——

我和你约定在这里见上一面
并不是为了听一个情人缠绵的
甜言蜜语。多余的话我不需要。
我相信你爱我，可是你听好：我既然
决定把命运和你动荡不安的
命运结合在一起，我就有权
要求你，季米特里，答应一件事：
我要你现在就向我打开你心中
隐藏的秘密，你那些不可告人的
希望、意图，甚至是心中的担忧，
让我能够和你携起手来，勇敢地
走向生活——不是孩童般盲目，
不是做丈夫轻薄愿望的奴婢，
不是做你的默默无言的情妇，
而是做一个和你相配的妻子，
做莫斯科沙皇一个得力的助手。

冒名皇子

啊，我命中多的是操心和惊慌，
请让我忘记哪怕一个小时！
也请你自己忘掉，在你面前的
是一个皇子。玛丽娜！请你把我
看作一个你所挑选的情人，
由于你的垂青而感到幸福。
啊，请听听我充满爱情的恳求，
让我倾诉充溢心中的衷情。

玛丽娜

不是时候，公爵。你若动作迟缓，
部下的热诚就会迅速消退，
危险和困难每时每刻都会
变得更加危险和更加困难，
各种怀疑的流言已经在流传，
新的消息一个接一个传来，
戈杜诺夫已经在采取对策……

冒名皇子

关戈杜诺夫什么事？你的爱情，
我唯一的幸福难道要鲍里斯恩准？
不，不。现在我对他的皇位，
对皇帝的权柄已看得十分淡漠。
你的爱情……少了它，我的生活、
荣耀、俄罗斯帝国有什么意义？
在荒僻的草原，在穷困的土窑——
你，你都抵得上一顶沙皇的皇冠，
你的爱情……

玛丽娜

　　　　　　你应该感到羞耻，
你可别忘记崇高、神圣的使命：
帝王的身份对于你来说太宝贵，
它胜于一切欢乐和生活的诱惑。

没有什么能和它相提并论。
告诉你：我的婚姻只能庄严地
托付给莫斯科皇位的继承人，
托付给被命运之神拯救的皇子，
而不能交给热血沸腾的青年，
被我的美貌所俘虏的疯狂男子。

冒名皇子

你别折磨我吧，美丽的玛丽娜，
你别说，你选择的是帝王的身份，
而不是我。玛丽娜！你不知道，
你这样说让我的心有多么痛楚——
怎么！假如……啊，可怕的疑惑！——
请你告诉我：假如盲目的命运
没让我出生在那个帝王之家，
假如我生来不是伊凡的儿子，
不是那早已被世界遗忘的少年——
那时……你是不是仍然爱我？……

玛丽娜

你就是季米特里，不可能是另一个人，
我可不能爱另外一个人。

冒名皇子

不！够了：
我可不想和一个死人共同

占有一个理应属于他的情人。
不，我过够了弄虚作假的生活！
我要说出真相：你的季米特里
早已死亡、被埋葬，不能复活，
你是不是想知道，我是何许人？
告诉你吧：我是个可怜的修士，
在幽闭的修行生活中感到寂寞，
我戴着僧帽，构想着一个大胆的
计划，向全世界宣布一个奇迹——
我终于从净室里面逃了出来，
投奔乌克兰剽悍的哥萨克分队，
在那里学会骑马和军刀拼杀，
然后来到这里，自称季米特里，
蒙骗你们这些没头脑的波兰人。
我如此向你坦白，你可是满意？
高傲的玛丽娜，你还有什么话说？
你为什么沉默？

玛丽娜

啊，耻辱，命苦！

（沉默）

冒名皇子

（低声地）

一阵苦恼的冲动把我引向哪里！
看样子，我可能已把千辛万苦

营造起来的幸福永远葬送。
我做了什么？疯子，——

（说出声来）

我明白，我明白：
你不是为公爵的爱感到羞耻。
你就对我说出那决定命运的字吧，
如今我的命运已握在你的手里，
决定吧：我等着。

（跪下）

玛丽娜

起来吧，可怜的假皇子，
你以为这样长跪不起就可以
感动我这虚荣心很重的女子，
把我当作轻信和软弱的少女？
你错了，朋友：在我的脚下，我见过
许多骑士和门第高贵的伯爵，
我屡次冷淡地拒绝他们的求爱，
并不是为了爱一个逃亡的修士……

冒名皇子

（站起）

请不要轻视这个年轻的假皇子，
我身上有一种敢作敢为的勇气，
凭着它可以登上莫斯科的皇位，
凭着它能得到你那无价的婚姻……

玛丽娜

凭着它能得到可耻的绞索。可恶!

冒名皇子

我错了：我被傲气冲昏了头脑，
我欺骗上帝，欺骗历代帝王，
我向全世界撒谎，但是，玛丽娜，
你不要惩罚我，在你面前我没有
过错。是的，我不能够欺骗你。
你是我心中唯一神圣的人，
我不敢在你面前弄虚作假，
爱情，仰慕的不顾一切的爱情，
只有这种爱使我把一切向你
和盘托出。

玛丽娜

疯子，你在夸耀什么!
有谁要求你做这番愚蠢的表白?
你这个名不见经传的流浪汉，既然
你能够巧妙地骗过两个民族，
那么，最低限度你就应该，
你就有资格去取得自己的成果，
你就可以用贯彻始终的、深藏的、
永久的秘密去保障大胆的骗局。
既然你是这么天真无邪，

这样轻率地揭开自己的耻辱，
你倒说说，我能不能委身于你，
能不能不顾门第和少女的羞怯，
把自己的命运和你的联结在一起？
你出于爱情对我泄露了秘密！
我很奇怪：出于友谊你为什么
至今没有对我父亲公开秘密；
出于欣喜没有对我们的国王；
出于忠实奴仆的一片赤诚
没有对潘·维什涅维茨基吐露真情。

冒名皇子

我向你发誓，只有你一个人才能
折磨我的心，逼我说出真情。
我向你发誓，无论何时何地，
在什么隆重的宴会上狂饮之后，
在多么友好的促膝谈心之中，
在刀剑之下，在残酷的刑讯之时，
我的舌头决不会暴露这重大的秘密。

玛丽娜

你发誓！好吧，我应当相信——
啊，我相信！但是你能否告诉我，
你以什么名义发誓？上帝？
像一个受基督徒帮助的虔诚信徒，
或者以一个高贵勇士的名誉？

《鲍里斯 · 戈杜诺夫》 K. B. 列别捷夫 绘　1880 年

或者，也许像皇帝口中的金言，
像一个皇太子？是这样吗？你说。

季米特里

（充满自尊）

伊凡雷帝的阴魂收我做螟蛉，
他在陵墓里为我取名季米特里，
他在我周围鼓动起各族百姓，
注定鲍里斯要在我手里牺牲。
我是皇太子。够了，我感到羞耻，
在骄傲的波兰女子面前低三下四。
永别了。腥风血雨的战争游戏，
我的命运中各种各样的忧患，
我希望，将消除我的爱情烦恼。
啊，如今我将会多么憎恨你，
当我的屈辱的爱火熄灭以后！
现在我要走了——灭亡或者皇冠
正在俄罗斯等待我的头颅，
不管我在战场上像战士阵亡，
或在广场的断头台像强盗完蛋，
你都不是我所珍爱的女友，
你不能和我共同分担命运；
但是——也许你会顾影自怜，
后悔亲自推开了你的好运。

玛丽娜

假如我当着众人的面揭穿
你这瞒天过海的大胆骗局呢?

冒名皇子

难道你以为我会怕你不成?
难道大家会相信一个波兰少女
超过俄罗斯的皇子?告诉你,
无论是国王、教皇或众多大臣
都不会考虑我的话是否真实。
我是否季米特里——与他们何干?
可我是引起纷争与战事的借口,
他们需要的只是这一个。相信吧,
负心的女人!他们会叫你闭嘴。
再见。

玛丽娜

　　　且慢,皇子。我终于听到
一个男子汉,而不是小孩讲的话。
公爵,它使我和你言归于好。
我忘记了你那失去理智的冲动,
重新看到了季米特里。但听好:
时候到了!要清醒,别再拖延,
赶快率领大军进攻莫斯科。
清洗克里姆林宫,坐上皇位,
那时再派媒人来向我求婚,

但是——上帝在上——只要你的脚
还没有踏上皇位前面的台阶，
只要戈杜诺夫还没有被你推翻，
我就不会听你的爱情的胡言。

（下）

冒名皇子

啊，宁可和戈杜诺夫厮杀，
或者和宫廷的教士巧语周旋，
也不能和女人打交道，去她的吧，
弄得我精疲力竭。胡搅蛮缠，
从你手里溜走，威胁你，咬你一口，
一条蛇，一条蛇！难怪我要发抖。
她差一点，差一点把我毁掉，
但我决定了：明天就挥师东进。

立陶宛边境

（一六〇四年十月十六日）

库尔勃斯基和冒名皇子

（两人骑着马。军队逼近边界）

库尔勃斯基

（第一个纵马驰来）

看，那儿就是！那儿就是俄罗斯国界！
神圣的俄罗斯，祖国！我是你的！
我轻蔑地掸去衣服上的异国灰尘，
我如饥似渴地呼吸新鲜的空气：
这是故国的空气啊！……你的灵魂，
啊，我的父亲，如今你可以欣慰，
你那被贬谪的遗骨可以在坟墓里
高兴！我们祖传的宝剑又在闪光，
这光荣的宝剑是受难的喀山的灾星，
这宝剑是莫斯科沙皇的忠实奴仆！
如今它将为自己亲爱的君王
在痛快淋漓的血宴上大显身手！……

冒名皇子

（低头默默骑行）

他多么幸福！一颗纯洁的心
在他胸中欢乐而光荣地跳动！
啊，我的勇士！我多么羡慕你。
老库尔勃斯基的儿子，在放逐中成长，
忘记了父亲带给他的屈辱，
弥补了他在九泉之下的过错，
你准备为伊凡的儿子流血牺牲，
你要把一个合法的沙皇还给
祖国……你做得一点不错，
你的心灵应该猛燃起快乐。

库尔勃斯基

难道你心里并不快乐？这是
我们的俄罗斯，它是你的，皇子。
你的百姓的心都在等待你：
你的莫斯科、克里姆林宫、帝国。

冒名皇子

啊，库尔勃斯基，俄罗斯要流血了！
你们为沙皇举起宝剑，你们
问心无愧。我却带着你们去攻打
自己的兄弟，让立陶宛进犯俄罗斯，
向敌人指示通向莫斯科的捷径！……

然而让我的罪孽别惩罚自己，
而落在你这弑君的鲍里斯身上！
前进！

库尔勃斯基

前进！让戈杜诺夫遭殃！

（策马前进，军队越过国境）

御前会议

沙皇，大主教和一群大贵族

沙　皇

有这等事？一个革职的修士，
逃亡的僧人领敌军前来侵犯，
竟敢写信来威胁我们！够了。
到讨平逆贼的时候了！你们去吧，
特鲁别茨科伊，巴斯马诺夫，
英勇奋战的将军们需要援助。
切尔尼戈夫已被叛军围困。
快去援救城池和黎民。

巴斯马诺夫

　　　　　　　　　　皇上，
从今天算起，无需三个月时间，
有关假皇子的流言就会消失，
我们要把他当一头怪兽关在
铁笼里带到莫斯科。我向你起誓，
以上帝的名义。

（同特鲁别茨科伊下）

沙　皇

瑞典皇帝派来
使臣向我提议结成同盟，
可是我们不需要别人帮忙，
我们自己有足够多的军队，
足以打败叛军和进犯的波兰人。
我拒绝了。
谢尔卡洛夫！你给
各地的守将传达我的指令，
让他们严阵以待，并按古法
招募壮丁，送他们去服兵役；
在各修道院，同样也必须选拔
僧众准备迎敌。在从前的年代里，
当强敌压境，祖国面临危难，
隐居的教士都自动走上战场。
可是今天我不想去惊动他们，
让他们安静地为我们祈祷。这就是
沙皇的旨意和大贵族们的决议。
现在我们要解决一个大问题：
你们都知道，那无耻的冒名皇子
在到处散布蛊惑人心的流言；
到处都有他广为散发的檄文，
弄得人心惶惶，疑神疑鬼；
广场上反叛的议论沸沸扬扬，

群情激愤……要设法让它平静，
我希望用死刑来警告越轨的人，
但如何警告？现在得决定。神父，
就请你先来发表自己的高见。

大主教

伟大的君主，赞美至尊的上帝，
是他在你的心中长久地培植了
慈悲为怀和温良容忍的精神。
你不愿意看到罪人的灭亡，
你静静地等待——迷惑必将过去，
等迷惑过去，永恒真理的太阳
必将照亮大家。
　　　　　　　你忠实的祈祷者，
在世俗事务上并非明智的判断者，
今天却要冒昧向你献上愚见。
　　魔鬼的儿子，那可恶的革职教士，
冒充季米特里，在民间出了名，
他利用皇子的名义，犹如在身上
无耻地披上一件偷来的法衣：
但只要把那法衣撕碎，他自己
便裸露在光天化日之下而出丑。
　　上帝已给了我们这种办法：
皇上，你知道，那件事已过去六年——
也就是上帝祝福你登基执政，
治理我们帝国的那个年头，

有一天傍晚，一个普通的牧人，
年迈的老人来到我的跟前，
告诉我一件神奇的秘密事情。
　　他说："还在年轻时，我就失明了，
从那时起直到老年，我便不知道
白天和黑夜。我到处求医治疗，
吃草药，悄悄地念咒，没有治好；
我又到修道院去参拜能创造奇迹的
伟大圣徒，仍然毫无结果；
我还从圣泉汲取治病的圣水
涂抹黑暗的双眼，也是枉然；
上帝没有让我治好盲眼。
我终于完全失去了治愈的希望。
我已习惯了黑暗，睡梦之中
也不再出现过去看见过的东西，
我梦见的只是一些声音。有一次，
在深沉的梦中，我听见有个小孩
在对我说话：'老爷爷，起来，快到
乌格里奇城去，去主显圣容大教堂，
你要在我的小小陵墓前祈祷，
上帝他是仁慈的，我也会宽恕你。'
'可你是谁呢？'我问小孩的声音。
'我是皇子季米特里。上帝
把我变成他的天使的模样，
如今我已是能创造奇迹的圣徒！
去吧，老爷爷。'我醒过来，心里想：

‘怎么？也许上帝当真想要
施恩于我，将要治好我的病。
我去。’于是走上这遥远的途程。
我真的来到乌格里奇城，我走进
神圣的教堂，在那里参加了礼拜，
我虔诚的心灵像火一样燃烧，
我哭得那么痛快，仿佛盲症
变成了眼泪不断地涌出眼睛。
当人们走出教堂时，我对孙子说：
‘伊凡，带我到季米特里皇子的
陵墓上去。’于是我的小孙子
带我去了。我刚刚在陵墓前面
向季米特里皇子轻声祈祷，
我的眼睛突然明亮了；我看见了
上帝的世界，看见了孙子和陵墓。”
皇上，这就是那老人对我说的话。
(众皆惊慌。在说这段话的过程中，
　　鲍里斯几次拿手帕擦脸)
当时我特地派人去乌格里奇城，
打听到确实有许多受苦的人
在皇子的棺材旁边虔诚祈祷，
得到了和这老人一样的拯救。
　　因此我建议，将皇子神圣的遗骸
迁到克里姆林宫，把它安放在
大天使教堂里边，到那时候
百姓就会识破叛贼的骗局，

魔鬼的力量就会灰尘般消失。

（静场）

隋斯基公爵

圣明的神父，有谁能够知道
上帝的意志？不该由我来妄断。
他可以赋予那具孩子的遗骸
以不朽的梦和创造奇迹的力量，
但是流传于百姓之中的谣言
必须加以认真而冷静的追查；
而在当今这兵荒马乱的年代，
我们是不是该考虑这重大的事件？
人们会不会说，我们粗暴地利用
圣物作为处理世事的工具？
如今众百姓正是群情激昂，
到处议论纷纷，沸沸扬扬：
用这样突如其来的重大新闻
去触动百姓的思绪可不是时候。
　　依卑职之见，当务之急是肃清
那被革职的教士散布的谣言；
要做到这点，有更简单的办法。
因此，如果皇上能够恩准，
我将亲自到那个广场上去，
去劝导发狂的人群，说明真相，
揭穿那流浪汉设下的恶毒骗局。

沙　皇

就按照你说的办吧！大主教神父，

请你屈驾到我宫里去一趟：

今天我有事要和你好好商谈。

（下。众大贵族随下）

大贵族甲

（低声对大贵族乙）

你注意到没有，皇上脸色煞白，

大滴大滴的汗珠从脸上流下？

大贵族乙

不瞒你说，我不敢抬起眼睛，

不仅不敢动一动，甚至不敢透一口气。

大贵族甲

隋斯基倒是替他解了围，不简单！

诺夫哥罗德-谢维尔斯科耶近郊原野

（一六〇四年十二月二十一日）

大 战

众军人

（狼狈逃窜）

不好啦，不好啦！皇子来啦！波兰人来啦！波兰人来啦！

（马尔热雷和沃尔泰·罗森大尉上）

马尔热雷

哪里跑，哪里跑？喂[①]……快回来！

逃兵甲

你自己想回去就回去吧，可恶的异教徒。

马尔热雷

什么？什么？

① 马尔热雷说的是法语，沃·罗森说的是德语，此处用楷体表示原文系法语和德语。

逃兵乙

哇！哇！[1]你这外国蛤蟆，要是高兴就向俄国皇子去哇哇叫吧；我们可是正教徒。

马尔热雷

“正教徒”是什么意思？你这可恶的坏蛋，该死的流氓！见鬼啦，先生，我简直要发疯啦：我想象得出，这些人没长着打仗的手，只长着逃跑的腿。

沃·罗森

可耻。

马尔热雷

这帮子魔鬼！我可不从这里后退一步——一不做，二不休。你说呢，先生？

沃·罗森

你说得对。

马尔热雷

真见鬼啦，这一仗竟打得这样激烈！这个魔鬼，人家都说他是冒名皇子，是个亡命之徒。先生，你说呢？

① 法语的“什么”发音为“古哇”，此处系逃兵乙学马尔热雷的话。

沃·罗森

噢，是的！

马尔热雷

啊，你看，你看！敌人背后打起来了。大概是巴斯马诺夫那好汉出击了。

沃·罗森

我也是这么想的。

(德国兵上)

马尔热雷

瞧我们的德国兵！先生们！阁下，命令他们排好队，见鬼去吧，让我们来冲锋！

沃·罗森

好极了。立正！

(德国兵排队)

齐步走！

众德国兵

(向前进)

上帝保佑我们！

(战斗。俄国军队又逃窜)

众波兰人

胜利啦！胜利啦！光荣属于沙皇季米特里。

季米特里

（骑在马上）

击鼓收兵！我们胜利啦。好啦：要爱惜俄罗斯人的血。收兵！

（吹号，击鼓）

莫斯科大教堂前的广场

众百姓

甲

皇上快从教堂里出来了吗？

乙

礼拜做完了，这会儿正在祷告。

甲

什么，已经诅咒了那一个了吗？

乙

我站在教堂门前的台阶上，听到助祭在叫喊：让格里什卡·奥特烈皮耶夫入地狱！

甲

让他们去诅咒吧，皇子的事和奥特烈皮耶夫不相干。

乙

这会儿正在给皇子做安魂祈祷。

甲

给活人做安魂祈祷！还是去给这些不信神的人做吧。

丙

嘘！有人出来了。是不是沙皇？

丁

不，这是疯修士。

(疯修士头戴铁帽、身挂铁链上。
一群小孩围着他)

众小孩

尼科尔卡，尼科尔卡——戴着铁帽子！……哟哟哟……

老太婆

小鬼们，别围着圣人，走开。尼科尔卡，为我这个有罪的老婆子祈祷吧。

疯修士

给，给，给一个戈比吧。

老太婆

就给你一个戈比，可要记住我。

疯修士

（坐在地上唱歌）

月亮光光，

小猫哭丧，

疯修士，起来，

向上帝，祷告！

（众小孩又围住他）

一小孩

你好，尼科尔卡。你为什么不摘掉帽子？（弹他的铁帽）嘿，还会响呐！

疯修士

我有一个戈比。

小　孩

你撒谎！拿出来看看。

（夺走戈比，跑掉）

疯修士

（哭）

抢走了我的戈比，欺侮我尼科尔卡！

众百姓

沙皇，沙皇来啦。

(沙皇走出教堂，一个贵族在前面布施。众大贵族上)

疯修士

鲍里斯，鲍里斯！孩子们欺侮我尼科尔卡。

沙　皇

给他一点钱。他在哭什么？

疯修士

孩子们欺侮我尼科尔卡……你命令把他们杀掉，就像你杀掉皇子一样。

众大贵族

滚开，混蛋！把这混蛋抓起来！

沙　皇

放开他。可怜的尼科尔卡，为我祈祷吧。

(下)

疯修士

(紧随沙皇)

不，不！不能为暴君祈祷——圣母不允许。

谢夫斯克

冒名皇子，被亲信簇拥着。

冒名皇子

俘虏在哪里？

众波兰人

在这里。

冒名皇子

叫他来见我。

（俄国俘虏上）

你是谁？

俘　虏

罗日诺夫，莫斯科贵族。

冒名皇子

在军队里很久了吗？

俘　虏

将近一个月。

冒名皇子

罗日诺夫，你竟然对我举起刀，
难道不害臊？

俘　虏

没办法，由不得我自己。

冒名皇子

你在谢维尔斯基城下打过仗？

俘　虏

我从莫斯科出来，打过两礼拜。

冒名皇子

戈杜诺夫怎么样？

俘　虏

战场上失利，
姆斯提斯拉夫斯基又身负重伤，
他坐立不安，于是派了隋斯基
来统帅军队，带领我们作战。

冒名皇子

可他为什么召巴斯马诺夫回莫斯科？

俘　虏

他立下汗马功劳，皇上给予他
荣誉，奖励他金银，如今他在
御前会议参政。

冒名皇子

　　　　军队更需要他。
莫斯科怎么样？

俘　虏

　　　　感谢上帝，平安无事。

冒名皇子

怎么，等着我？

俘　虏

　　　　只有天知道。那边
如今不大敢谈论有关你的事。
谁要谈论你就要割舌头，或者
砍脑袋——确有这样的怪事！
天天在杀人，监牢里塞满了犯人。
广场上，只要有三个人聚在一起，
瞧吧，密探准来你身边打转，

而皇上，只要他有一点闲功夫，
就亲自传来告密的人盘问。
真是灾难，还是少开口为妙。

冒名皇子

鲍里斯的臣民真是过上好日子了！
那军队怎么样？

俘　虏

怎么样？吃得饱，穿得暖，
人人心满意足。

冒名皇子

人数很多吗？

俘　虏

这事只有天知道。

冒名皇子

有三万人马吗？

俘　虏

只要去招募，五万也不在话下。
（冒名皇子沉思起来，周围的人面面相觑）

冒名皇子

那么！你们军营里怎么议论我？

俘　虏

都在谈论你的仁爱胸怀。
说你，请不要生气，虽是个草寇，
却是条好汉。

冒名皇子

（笑）

这一点让我来给
他们证实吧。伙伴们，我们不用
等待隋斯基了。让我来祝贺你们：
明天上战场。

（下）

众　人

季米特里万岁！

波兰人甲

明天上战场！他们有五万人马，
可我们总共未必有一万五千人。
发疯了。

波兰人乙

小事一桩，朋友：一个

波兰人敢向五百个莫斯科人挑战。

俘　虏

对，敢挑战。可是真打起仗来，
一看到莫斯科人就逃命，吹牛大王。

波兰人甲

大胆的俘虏，你要是身边带着刀，
我就用这个家伙
（指着自己的马刀）
立刻结果你。

俘　虏

我们俄罗斯人没有刀也能对付：
想尝尝这家伙的味道吗？
（举起拳头）
没脑子的东西！
（波兰人甲傲慢地望着他，默默下。
众人大笑）

森 林

冒名皇子，普希金

（远处躺着一匹奄奄一息的战马）

冒名皇子

我可怜的战马！今天在最后一战里，
它精神抖擞，跑得多么有劲，
虽然受了伤，却驮着我跑得飞快。
我可怜的战马！

普希金

（自言自语）

瞧他在痛惜什么！
在我们全军覆没，化为灰烬的
时候，舍不得一匹马！

冒名皇子

听我说，也许
它是受了伤，不过是疲劳过度，
要休息一下。

普希金

哪儿的话，它要死了。

冒名皇子

（向战马走去）

我可怜的战马！……怎么办？把笼头解下，
松开肚带，让它无拘无束地
死去吧。

（解下笼头，卸下马鞍。
几个波兰人上）

你们好，诸位先生！为什么
库尔勃斯基不在你们中间？
我看见，今天他怎样冲向战斗
最激烈的地方；犹如摇摆的麦穗，
无数的马刀围着这好汉挥舞；
但是他的宝剑举得比谁都高，
那威严的吼声压倒了所有的喊声。
我的勇士在哪里？

一个波兰人

他倒在战场上。

冒名皇子

光荣归于勇士，愿他的灵魂安息！
这一仗之后，我们已所剩无几。

叛徒，这伙查波罗什强盗[1]，
可恶的家伙，是你们毁了我们——
连三分钟的抵抗都不能坚持！
等着瞧！十个人中我要绞死一个，
这些强盗！

普希金

不管是谁的过错，
反正我们已被彻底击溃，
全军覆没。

冒名皇子

是我们自己不好。
我本来已经击溃了先头部队，
可是德国人却狠狠地把我们击退；
真是英雄好汉，是英雄好汉，
为此我喜欢他们，我定要把他们
编成一支令人尊敬的部队。

普希金

那么今天我们在哪里宿营？

冒名皇子

在这里的森林里。难道这里不行？

---

① 指顿河哥萨克。

拂晓前就起程，中午到雷里斯克。
晚安。
（躺下，用马鞍当枕头，入睡）

普希金

　　皇子，祝你做个好梦！
被打成齑粉，靠逃跑才得脱身，
却无忧无虑，像个傻乎乎的孩子；
不用说，是神灵在保佑他逢凶化吉，
因此，朋友们，我们不必沮丧。

莫斯科　皇宫

鲍里斯，巴斯马诺夫

沙　皇

他打败了，可这又有什么用？
我们取得了这场无用的胜利。
他重新聚集起溃散的残兵败将，
又从浦季夫里城威胁我们。
可我们的英雄们这时又在干什么？
待在克罗玛城下，一小撮哥萨克
在颓垣残壁里向他们发出耻笑。
这算什么光荣！不，对他们我不满，
我要派你去那里统帅他们。
我选拔将领凭才智而不看出身，
让他们的自尊心去为门第悲哀吧，
我该蔑视无知贵族的怨言，
并且扫除祸国殃民的陋习。

巴斯马诺夫

啊，皇上，假如有一天能够

把委任官职的名录连同门第的
傲慢、贵族间的不和一把火烧掉，
那真该百倍地庆祝。

沙　皇

这一天已不远，
只是首先要替我把百姓的骚乱
平定。

巴斯马诺夫

此事又何必放在心上，
老百姓总是暗地里同情骚乱：
正如骏马总要咬自己的马嚼，
儿子总是不满父亲的权威，
那又怎么样？骑士总能驾驭马匹，
父亲总能叫儿子俯首听命。

沙　皇

骏马有时会把骑士摔下，
儿子也不总是听父亲的话。
我们必须时刻严加管束，
才能管好百姓。伊凡雷帝，
铁腕人物，英明的专制君王，
他严厉的孙子，也都这样认为。
不，百姓并不感念你的仁慈：
造福他们，他们也不会感谢。

横征暴敛，严刑杀戮也不坏。

（一大贵族上）

什么事？

大贵族

带来了几名外国宾客。

沙　皇

我去接见。巴斯马诺夫，等一等，
你留在这里，我还有事要和你
谈谈。

（下）

巴斯马诺夫

至尊君主的崇高精神。
上帝保佑他平定奥特烈皮耶夫
这魔鬼，他还会为我俄罗斯做出
许多许多造福社稷的事情。
在他脑子里已产生重要的思想。
可不能让它冷淡下去，一旦
他折断了世袭贵族头上的犄角，
我面前将出现多么远大的前程！
战场上我还没有一个对手，
在沙皇御座前我将是最重要的人物……
也可能……可这是什么奇怪的声音？

（一片纷乱。贵族、廷臣仓皇奔跑、交头接耳）

甲

快去请医生！

乙

赶快去找大主教。

丙

快去叫皇子，赶快去叫皇子！

丁

找忏悔神父！

巴斯马诺夫

发生了什么事情？

戊

皇上病了。

己

已奄奄一息。

巴斯马诺夫

上帝啊！

戊

他坐在宝座上，突然倒了下来——
鲜血从嘴巴和耳朵里不断流出。

（众人用椅子把沙皇抬出。
皇室成员和众大贵族随上）

沙　皇

大家都走开——让我一个人留下，
我要和皇子谈谈。

（众人下）

我要死了。
让我们拥抱一下，别了，我的孩子：
现在你要做皇帝了，啊，上帝！
此刻我在你的面前，已来不及
用忏悔来洗涤我这有罪的灵魂。
但是我感到，我的孩子，你比
我的灵魂得救还宝贵……就这样吧！
我生而为臣民，也应当以臣民的身份
无声无息地死去。但我取得了
最高的权力……我用的什么手段？
你别问。你是没有罪的，这就够了。
你现在将依法成为当今的皇帝，
一切都由我独自向上帝去请罪……
啊，亲爱的孩子，别昏庸迷乱，
别自甘堕落，以至走上迷途。
你是受命于国家危难之时，

《鲍里斯·戈杜诺夫》 K. B. 列别捷夫 绘　1880 年

那来路不明的冒名皇子很危险，
他欺世盗名，用可怕的名字作武器……
我在长年的统治中已富有经验，
能够控制那些骚乱和叛变，
在我面前他们会吓得发抖，
那些叛乱可不敢公开叫嚣。
可你太年轻，是个没经验的君主，
在风暴之中将如何治理国家，
平定叛乱，制服这些乱军？
可上帝是伟大的！他能使年轻人聪明，
能使软弱者坚强……你听我说：
首先你必须选用个好的谋士，
找可靠的、年纪稍大、头脑冷静、
人民爱戴，而在贵族当中
则以出身或荣誉受到尊敬的人——
譬如隋斯基。现在军队里需要
一个精明的统帅，派巴斯马诺夫去，
坚决顶住贵族们发出的怨言。
你从小就和我参加过杜马会议，
你已熟谙处理国务的过程，
不要改变办事的程序。习惯
是国家的灵魂。如今我已恢复了
贬谪和死刑，你可以把它废除，
人们将会对你感恩戴德，
正如当年你的姑父继承
雷帝的皇位时受到的感恩一样。

随着时间的推移，你就可以
渐渐拉紧这控制帝国的马衔。
现在可以松一松，可不能放手……
对于外国人要宽大、和蔼可亲，
信任他们，让他们忠实效劳。
要严格保守教会的规章制度，
要沉默寡言，别让沙皇的声音
不为人注意，白白在空气中消失，
它应当像神圣的钟声，只是宣告
重大的哀伤或者重大的庆典。
孩子，你已进入这样的年龄：
女子的容貌会激动我们的血液。
你应该保持神圣高洁的贞操，
你应该保持高傲的羞耻之心：
谁要是年轻的时候就让自己的
感情沉溺于罪恶的声色享乐，
到成年之后定变得忧郁而残暴，
心智也会过早地衰竭和迟钝。
在家庭之中你永远要做个家长，
要尊敬母亲，但诸事要自己作主。
你是大丈夫和沙皇，你要爱姐姐，
只有你才是她的永久的保护者。

费多尔

（跪下）

不，你应该万寿无疆，永掌江山，

没有你，百姓和我们便要灭亡。

沙　皇

一切都了结了，我的眼睛发黑，
我已感到坟墓的寒气……

（大主教、众僧侣上，众贵族随后。
众人搀扶皇后上，公主痛哭）

谁来了？

啊！要受戒了，好，就给我剃度……
时辰到了，沙皇就要出家——
黑暗的棺木就是我的禅室……
圣明的大主教，现在我还是沙皇，
诸位大贵族，请听我的遗言：
这位便是我降旨传位的沙皇，
请吻费多尔的十字架……巴斯马诺夫，
我的朋友们……临终我恳求你们，
你们要竭诚而严正地辅佐他执政！
他还如此年轻，幼稚单纯。
诸位愿意宣誓吗？

众大贵族

愿意宣誓。

沙　皇

我满足了。请饶恕我的诸般罪恶，

饶恕我随心所欲和暗中的欺凌……
神父，请你过来，我准备好了。
(开始剃度仪式，妇女昏厥，被扶出去)

大本营

巴斯马诺夫引普希金上

巴斯马诺夫

请进来，你要说什么就说什么。
这么说，是他派你来向我游说？

普希金

他要和你交个朋友，并且有意
让你当莫斯科帝国最尊贵的大臣。

巴斯马诺夫

但是费多尔是如此器重我，让我
身居高职。我正统率着全军。
他无视等级制度和大贵族的愤怒，
破格把我提升——我对他宣过誓。

普希金

你向合法的皇位继承人宣过誓，
但是如果另一个更合法的继承人

还在呢？……

巴斯马诺夫

告诉你，普希金，你说够了，
别和我说这种废话，我很清楚，
他是谁。

普希金

俄罗斯和立陶宛两个国家
都早已承认他是季米特里，
不过这一点我倒是不敢苟同，
也许他是真的季米特里，
也许他是个冒名的皇子。只是
我知道，鲍里斯的儿子或迟或早
准会把莫斯科拱手让给他统治。

巴斯马诺夫

我暂时还得拥戴年轻的沙皇，
直到他把皇位让给新皇的那一天，
感谢上帝，我们的兵力很雄厚！
我将用胜利鼓舞他们的士气，
可你们还能派谁来和我较量？
不就是哥萨克卡烈拉？或姆尼雪克？
你们还有多少人？不就是八千。

普希金

你说错了：这个数搜罗不到——
老实告诉你，那都是乌合之众，
那些哥萨克只会打家劫舍，
那些波兰人只会吹牛和酗酒，
那些俄罗斯兵，又有什么好说的……
我在你的面前决不要滑头，
可我们为什么强大，巴斯马诺夫？
不是有军队，不是波兰人帮助，
而是民心，是的，民心的趋向。
你还记得季米特里的胜利，
你还记得他处处所向披靡，
他所到之处都是兵不血刃，
一座座城池自动地向他归顺，
老百姓捆来了一个个倔强的将军？
你自己也看到，你们的军队可愿意
和他打仗？何时？在鲍里斯时代！
可如今呢？不，巴斯马诺夫，要争论，
重新燃起战火已为时太晚：
凭你的全部智慧和坚强的意志，
你也无法支持。你还不如
首先作出一个明智的榜样，
宣布季米特里是莫斯科的沙皇，
借此永远在他的手下效劳？
不知你意下如何？

巴斯马诺夫

明天听回音。

普希金

下决心吧。

巴斯马诺夫

再见。

普希金

好好想想吧，巴斯马诺夫。

（下）

巴斯马诺夫

说得对，说得对，到处在酝酿兵变——
我可怎么办？难道我要等待
叛乱的暴徒把我捆绑起来，
献给奥特烈皮耶夫？如果我自己
走在汹涌的山洪暴发之前
岂不更好……可这是背叛誓言！
这可要名誉扫地，遗臭万年！
对于这位年幼帝王的信赖，
我却以可怕的背信弃义来回报……
若是一个失宠的流放犯，他要
策划叛乱和阴谋，那倒是很容易，
可我，可我是国君宠爱的大臣……

但是死亡……政权……百姓的灾难……

（沉思）

来人！是谁？

（打口哨）

备马！吹集合号。

宣谕台

普希金被百姓簇拥着上

众百姓

皇子给我们派来了一位大贵族。
且听听这位大贵族要说些什么。
过来！过来！

普希金

（站在高台上）

各位莫斯科市民，
皇子要我向你们鞠躬致意。

（鞠躬）

你们都知道，上天是如何把皇子
从杀人凶手的手里拯救出来，
他现在要来处置这个恶徒了，
但是上帝的审判已惩罚了鲍里斯。
俄罗斯已被季米特里征服，
巴斯马诺夫已怀着真诚的忏悔，
率领军队来向他宣誓效忠。

季米特里带着爱心与和平而来，
你们会为了戈杜诺夫家族
举起手来反对这位合法的沙皇，
反对这位莫诺马赫的子孙吗？

众百姓

当然，不！

普希金

各位莫斯科市民！
全世界都知道，你们在这个篡位者
残酷的统治下遭受了多少苦难：
贬谪、死刑、凌辱、苛捐杂税，
还有劳役、饥饿，这些你们都尝过。
季米特里将广施恩惠于你们——
贵族、廷臣、官吏、军人、客商、
商贩——以及所有正直的百姓。
难道你们还要狂妄地固执，
傲慢地拒绝季米特里的恩泽？
可他是来继承祖先的皇位，
并且有震慑全国的大军伴随。
别惹皇上生气，要敬畏上帝。
都来亲吻合法君王的十字架，
你们都顺从吧，立即选派贵族、
官员和从百姓中选出的代表
到总主教营帐里去见季米特里，

向父亲和皇上诚心诚意地叩头。

（下。百姓喧哗）

众百姓

还有什么好议论的？这贵族说的
是实话。父亲季米特里万岁！

站在高台上的庄稼汉

老乡们，老乡们！到克里姆林宫去！
到皇宫去！走，把鲍里斯的狗崽子捆起来！

众百姓

（蜂拥而去）

捆起来！淹死他！季米特里万岁！
让鲍里斯·戈杜诺夫家族灭亡！

克里姆林宫鲍里斯家

门前站着卫兵，费多尔在窗下。

乞　丐

看在基督的面上，施舍点吧！

卫　兵

走开，不准跟犯人说话。

费多尔

走吧，老人家，我比你还穷，你还是自由的。

（克谢尼娅披着披巾也走到窗前）

百姓甲

姐弟俩！可怜的孩子，像关在笼里的两只小鸟。

乙

你还可怜谁呀？这可恶的一家子！

甲

父亲是个恶棍，可孩子们没有罪。

乙

都是一丘之貉。①

克谢尼娅

弟弟，弟弟，大贵族们好像朝我们这儿来了。

费多尔

这是戈里岑，莫萨尔斯基。其余的我不认识。

克谢尼娅

啊，弟弟，我真是心痛如绞。

（戈里岑、莫萨尔斯基、莫尔恰诺夫和舍烈费季诺夫上。后面跟着三个弓箭手）

众百姓

让开，让开。大贵族来了。

（他们进屋）

百姓甲

他们来干什么？

① 原文为俄罗斯谚语：苹果总是掉在苹果树旁边。

乙

大约是要强迫费多尔·戈杜诺夫宣誓。

丙

真的？听，屋里闹起来了！乱糟糟的，在打架……

众百姓

听见吗？有人在尖叫！是女人的声音。进去！——门闩着——不叫啦。

（门打开。莫萨尔斯基走到门口）

莫萨尔斯基

百姓们！玛丽亚·戈杜诺娃和他的儿子费多尔服毒自杀了。我们见到了他们的尸体。（众百姓惊呆）你们为什么不说话？欢呼吧：季米特里·伊凡诺维奇沙皇万岁！

剧终

发表时删节的两场

一　修道院院子里[①]

格里戈利和凶恶的修道士

格里戈利

无聊啊，这种不幸的日子多痛苦!
日子一天天过去，千篇一律：
只看到黑色的僧衣，只听到钟声。
白天打呵欠，无所事事，直想睡，
夜里，做个修道士，长夜难眠。
刚一阖眼，噩梦便来折磨我，
幸喜有人敲钟，用拐杖催你起床。
再也受不了！还是越墙逃跑。
世界是广阔的，道路通向四方。
一走了之。

修道士

说得对，这日子真够苦，

① 这一场原紧接在《夜。丘多夫修道院净室》之后。

你们年轻的修士正是玩乐的时候。

格里戈利

哪怕可汗卷土重来，立陶宛起兵！
果然如此，我宁愿去打一仗。
但愿我们的皇子突然复活，
高喊：“孩子们，我忠实的仆人在哪里？
去讨伐鲍里斯，抓住杀害我的凶手，
把这仇敌抓起来，带他来见我！……”

修道士

够了，别胡扯！无法让死人复活！
显然，皇子注定有另一种命运——
不过，你听好，如果要打点主意……

格里戈利

什么？

修道士

　　假如我像你一样年轻，
假如雪白的胡子没爬上我的唇边……
明白吗？

格里戈利

　　一点也不。

修道士

我们愚蠢的老百姓
一向轻信，总爱听奇迹和新闻，
大贵族难忘戈杜诺夫与自己平起平坐，
大家至今都喜欢瓦兰人的子孙。
你和皇子同庚……只要你机智坚定，
明白吗？

（静场）

格里戈利

明白了。

修道士

你准备怎么办？

格里戈利

下决心！
我就是季米特里皇子。

修道士

说定了，你就是沙皇。

二　桑波尔的姆尼雪克将军城堡[①]

玛丽娜的梳妆室

玛丽娜，露西娅在替她梳妆，众使女。

玛丽娜

（对着镜子）

怎么？好了吗？你能不能快点？

露西娅

对不起，您预先选定的样子很难做。
您戴什么，是戴珍珠项链，
还是镶半圈绿宝石的？

玛丽娜

戴钻石金冠。

露西娅

那可太好了！您还记得吗，上回
您进宫去的时候还戴过它呐。
都说，您在舞会上像太阳般灿烂。
男士们赞叹，美人们窃窃私议……
那时年轻的霍特凯维奇似乎是
第一次看见您，后来他开枪自杀了。

① 这一场原接在《克拉科夫。维什涅维茨基家》之后。

真的，大家都在说，谁要是看上您
一眼，谁就会不由自主地爱上您。

玛丽娜

你能不能快一点。

露西娅

马上就好。
今天您父亲把希望寄托在您身上。
上一回皇子看见您可没有白搭，
他全然掩饰不住心头的惊喜，
现在他已经受了伤，您还得给他
来一次决定性的打击，置他死地。
真的，潘娜[①]，他已经坠入情网。
他离开克拉科夫，已有一月之久，
把战争、莫斯科皇位全抛在脑后，
成天在我们家里饮宴作乐，
简直要把俄国人和波兰人气疯。
啊，上帝，我能否等到那一天？……
可不是？那时季米特里将把
莫斯科皇后带进他的京都。
您可会忘记我，把我扔在一边？

玛丽娜

难道你真以为我会做皇后？

---

① 波兰人对小姐的尊称。

露西娅

不是您是谁？在这里有谁能和
我的小姐比美，平分秋色？
姆尼雪克家族全不比谁逊色，
论才智——您比人家颂扬的出色……
谁得到您的垂青，谁得到您的
真心钟情，谁就是最幸福的人。
不管他是谁，哪怕是我们国王，
或者是法国王子，甚至是您那位
叫化子一般的皇子，上帝才知道，
他究竟是谁，他究竟来自何方。

玛丽娜

他真的是皇子，全世界都承认他。

露西娅

但是去年冬天，他毕竟还在
维什涅维茨基的家里当差。

玛丽娜

他隐姓埋名。

露西娅

　　　　　　这一点我不和您争论——
可您知不知道，在老百姓那里，
大家是怎么议论他？都纷纷议论，

说他是个小修士，从莫斯科逃亡，
在他的教区，是个有名的骗子。

玛丽娜

都是胡说八道！

露西娅

我也不相信——
可我要说句公道话，他得感谢
自己的命运：是您诚心诚意地
选择了他，您选择的可不是别人。

使　女

（跑进来）

客人们都到齐了。

玛丽娜

你瞧，你可是准备
唠叨个没完，把废话说到天亮？
可是我还没有穿好衣裳……

露西娅

马上就好。

（使女们来回奔跑）

玛丽娜

我得把底细摸清。

吝啬的骑士

（申斯通[①]悲喜剧《吝啬的骑士》[②]中的几场）

① 申斯通，十八世纪英国作家。
② 原文为英语。

第一场

（塔楼内）

艾伯和约翰

艾　伯

不管怎么说，我要去参加这场
骑士比武。约翰，给我头盔。
（约翰递给他头盔）
已经刺穿，坏掉了。再不能把它
戴在头上。得给我弄一顶新的。
这一枪真厉害！可恶的德洛赫伯爵！

约　翰

您也结结实实地报复了他：
狠狠地把他从马上摔了下来，
他已经一昼夜不省人事，未必
会康复。

　　　　　　可他到底没有吃亏，
他那件威尼斯胸甲仍完好无损。
至于他的胸膛，那不值一文钱，
他可不必再去给自己买一个。
当时我为何不摘下他的头盔！
我若是摘下它，就不会在女士和公爵们
面前出乖露丑。可恶的伯爵！
他还不如把我的头颅刺穿。
我还需要衣装。最近一次
所有的骑士都穿着绫罗绸缎
和天鹅绒衣裳，只有我全身披挂
坐在公爵的桌旁。我只好推说
这是偶然来参加骑士的比武。
可如今我说什么好？贫穷啊，贫穷！
它使我们遭受多大的耻辱！
那时候，德洛赫用他沉重的长矛
刺穿我的头盔，跃马驰过，
我光着脑袋，使劲用马刺刺了下
我的艾米尔，像一阵旋风追上去，
把伯爵扔到二十步开外的地方，
像扔一个少年书僮；这时
所有的女宾都欠起身来，美人
克洛蒂尔达捂住脸，尖叫一声，
承宣官都纷纷称赞我的这一手——
可是谁也没有想到为什么

我这样勇敢，哪儿来的这神力！
我是为那被刺破的头盔发狂，
是什么促使我如此勇敢？——吝啬。
不错！我和父亲有同样的血统，
传染上这种毛病并不困难。
我那可怜的艾米尔怎么样？

约　翰

跛了脚。

您还不能骑着它迈出家门。

艾　伯

买一匹代替，要价并不很贵。
好吧，没办法，我买那匹枣红马。

约　翰

虽然不贵，可我们没有那笔钱。

艾　伯

那个二流子所罗门说了些什么？

约　翰

他说，如果没有东西抵押，
那他就再也不能把钱借给您。

艾　伯

抵押！可我拿什么去抵押，这魔鬼！

约　翰

我说了。

艾　伯

他怎么说？

约　翰

他一味哭穷，一毛不拔。

艾　伯

你应该对他说：我父亲是个富翁，
像犹太人一样，他的财产迟早
都要由我继承。

约　翰

我都说了。

艾　伯

他怎么样？

约　翰

他一毛不拔，一味哭穷。

艾　伯

真倒霉！

约　翰

他想亲自来。

艾　伯

太好了，感谢上帝。

他要不拿出钱来，就不放他走。

（敲门声）

谁在敲门啊？

（犹太人上）

犹太人

您谦卑的仆人。

艾　伯

啊，朋友！

可恶的犹太人，我们尊敬的所罗门，

欢迎你光临，请进，我听说，你

不相信我会还债。

犹太人

啊，仁慈的骑士，

我向您发誓：我很乐意……但不能。

我到哪儿去弄钱？我完全破产啰，

我一直诚心帮各位骑士的忙。
可谁也不还钱。我想请求您，
能不能还我一部分……

艾　伯

好一个强盗！
我要是手上有点钱，我干吗还要
围着你转个不停？你就算了吧，
别再死心眼，我的亲爱的所罗门，
快给我金币，给我拿出一百个，
可不要等我来搜你的身。

犹太人

一百个！
我几时有过一百个金币！

艾　伯

你听着：
你眼看朋友有难，竟见死不救，
难道不害臊？

犹太人

我向您发誓……

艾　伯

够了。

你要我的抵押？真是废话！
我拿什么做抵押？一张猪皮？
我要是有什么东西好做抵押，
我早就卖掉了。你这条老狗，难道
我这骑士的一句话还不够？

犹太人

　　　　　　　　您的话，
只要您活着，就值很多很多。
它就像一张护身符会为您打开
法国佛来米富翁们所有的钱柜。
可是如果您对我这可怜的犹太人
说这一句话，而就在这个时候
您却一命归阴（上帝保佑），
您的话就会像我手里的一把钥匙，
要开启的是一个沉入海底的百宝箱。

艾　伯

难道说我父亲会活得比我还长久？

犹太人

谁知道？日子可不由我们来计算，
昨日英俊的少年，今天会成鬼，
四个老头儿就那么弯腰曲背，
抬着他的棺材一路去埋葬。
男爵很健朗，上帝自会保佑他

再活十年二十年二十五年三十年。

艾　伯

你胡说什么，犹太人，再过三十年
我就是五十岁，到那个时候，我还要
那些金钱干什么？

犹太人

　　　　金钱？金钱
无论什么时候什么人都有用，
年轻人把它看作麻利的奴仆，
总想派它这样那样的用场。
老头儿把它看作可靠的朋友，
爱惜它就像爱惜自己的眼睛。

艾　伯

噢！我父亲既不把它当奴仆，
也不把它当朋友，而把它当主人；
服侍它就像个阿尔及利亚的奴隶，
像条看家狗。在他没生火的狗窝里
过日子，喝清水，啃啃干硬的面包皮，
整夜不睡觉，跑来跑去地吠叫。
可金子就舒舒服服地躺在箱子里
睡大觉。你给我闭嘴！总有一天
金币会为我效力，不再睡大觉。

犹太人

对，将来在男爵大人的葬仪上
流掉的金钱会比眼泪还多，
愿上帝早日赐给您遗产。

艾　伯

阿门[①]！

犹太人

也许可以……

艾　伯

什么？

犹太人

是这么回事，
办法倒是有一个……

艾　伯

什么办法？

犹太人

是这样——
我有一个熟人，是个老头儿，

---

① 原文为英语。

犹太人，可怜的药剂师……

艾　伯

放高利贷的，

也像你一样，也许他要忠厚些？

犹太人

不，骑士，托维做另一种生意——

他配一种药水……不错，很灵验，

效果特别好。

艾　伯

我要这药水干什么？

犹太人

往一杯水里……滴上这么三滴。

既闻不出味道，也看不出颜色，

而且喝下去也不会腹痛如绞，

保证不恶心，没痛苦，就一命呜呼。

艾　伯

你那个老头儿卖的是毒药。

犹太人

不错——

是毒药。

艾　伯

什么？你叫我不要借贷，
让我去向老头儿批两百瓶毒药，
每瓶一个金币，是不是这样？

犹太人

随您怎么嘲笑我都行——
不，我是想……也许，您……我想，
男爵已经到了归天的时候。

艾　伯

怎么！毒死父亲！你竟敢向儿子……
约翰！抓住他。你竟敢向我出这种……
你可知道，这真是犹太人的心肠，
一条狗，毒蛇！瞧我马上就把你
吊死在大门上头。

犹太人

是我不对！
请原谅：我是开玩笑。

艾　伯

约翰，拿绳子来。

犹太人

我是……开玩笑。我把钱给您送来。

艾　伯

滚，这条狗！

（犹太人下）

请看我父亲的吝啬
把我逼到什么地步！那犹太人
胆敢向我出这种主意！给我酒，
我浑身发抖……约翰，可我还是
需要钱。追上那个可恶的犹太人，
把金币给我拿回来。你把墨水瓶
递给我，我给这个骗子手写一张
借条。可别把这个犹大带到
这儿来……要不，等一等，让我想想，
他的金币都散发着一股毒气，
跟他那个老祖宗[①]的银币一个样……
刚才我向你要过酒。

约　翰

我们的酒
一滴也没有了。

艾　伯

那几瓶莱蒙

---

① 指《圣经》传说中以三十个银币为代价出卖耶稣的犹大。

《吝啬骑士》（木刻版画）B. A. 法沃尔斯基 绘刻　1959—1961 年

从西班牙捎来送给我作礼物的呢？

约　翰

昨天我已经把最后一瓶送给
生病的铁匠。

艾　伯

　　　　　　是的，我记得，我知道……
那就给我一杯水吧。这倒霉的生活！
不，我下定决心——去向公爵
申诉：让他迫使我的父亲
把我当儿子，而不是把我当作
长在地洞里的老鼠。

第二场

（地室）

男　爵

我整天等待着那一时刻的到来，
届时我将走下那秘密的地室，
去开启那些严密防范的箱子，
像一个年轻的浪子在等待幽会，
去见狡猾的荡妇或受骗的傻婆娘。
多么快活的一天！今天我可以
将一把积蓄已久的金币投入
第六口箱子（尚未装满的箱子）。
这金币不算多，可是财宝看样子
是慢慢增长的。我曾在哪儿读到过，
有一回，一个皇帝命令他的将士
每个人抓一把泥土，把它堆成堆，
于是一座小土山便巍然耸立，
皇帝登上山峰快乐地眺望，
他看见布满白色帐篷的山谷，
看见了百舸争流的蓝色大海。

我也一样，我可以将一小把一小把
经常收到的礼金送到地下室，
堆起我的小金山，从那上面
我可以眺望归我掌管的一切。
还有什么不归我掌管？我可以
像个恶魔从这里统治全世界，
只要我愿意——宫殿会拔地而起，
快乐的山林仙女会成群结队
来到我那辉煌壮丽的花园，
缪斯会给我带来她们的礼物，
自由的天才将听从我的意愿，
各种慈善行为和不眠的劳作
将要恭顺地等待我的奖赏。
只要我唿哨一声，血淋淋的暴行
便会乖乖地胆怯地爬到我面前，
舔着我的手，看着我的眼睛，
力求从中看明白我的意志。
一切都听从我，但我并不听从谁，
我高于所有的欲望，我处变不惊，
我知道自己的威力：意识到这一点
我就够了……

（欣赏着自己的金币）

看起来这金币并不多，
然而它是多么有分量的代表，
它可以代表多少人类的操劳、
欺诈、眼泪、恳求和切齿的诅咒！

这是一枚古代的杜布朗[①]，就是它。
一个寡妇今天把它交给我，
刚才她还带着三个孩子
啼哭着在我家的窗前跪了半天。
雨一会儿下，一会儿停，一会儿又下，
那装模作样的寡妇却纹丝不动，
我本可以赶走她，但忽然想到，
她是来还丈夫欠我的债款，
因为她不愿明天为债务进牢房。
而这一枚呢？这是蒂博给我的——
他是哪儿弄来的，这懒汉，这骗子？
不用说，是他偷来的；也许，说不定
在大路上，夜色正浓，躲在树林里……
是啊！假如为这积存的一切
而流下的眼泪、鲜血和汗水
突然从地心里全部涌将出来，
那可是另一次大洪水[②]——那时我难免
在这严密的地下室溺死。该开箱了。

（准备开箱）

每一次，当我想打开箱子的时候，
我总是周身发热，浑身发抖，
不是害怕（不！我又怕谁呢？
我身上带着佩剑：这忠实的宝剑

---

① 法国和西班牙的古代金币，含金 7.5 克。
② 指《圣经》传说中的大洪水。

《吝啬骑士》(木刻版画) B. A. 法沃尔斯基 绘刻　1959—1961 年

在护卫着我的金币），但是一种
莫名其妙的感觉总压迫着我的心……
医生告诉我们：世上有一种人
会在凶杀中得到一种快感。
当我把钥匙插进锁孔的时候，
我也会产生他们把刀插进
被害者身上时产生的那种感觉：
又舒服又可怕。
（打开箱子）
这就是我的快乐！
（撒入钱币）
下去吧，你们为人们的情欲和需要
在这个世界上已经折腾得够了。
你们在这里做权力和宁静的美梦，
犹如诸神在高高的九天安眠……
我今天要为自己摆开盛宴：
在每一口箱子前面燃起蜡烛，
将它们全部打开，我自己就在
箱子之间欣赏这闪闪的金山。
（点燃蜡烛，一一打开箱子）
我就是皇上！……多么醉人的辉煌！
我的帝国多么强大而恭顺，
我的荣光和幸福就在其中！
我就是皇上……但是谁来接替我
统治这个帝国？我的继承人！
一个疯子，乳臭未干的败家子，

一群吃喝玩乐的浪荡子的同伙!
我一死,就是他,就是他!将伙同一群
马屁精、贪得无厌的宫廷大臣
钻进这个安宁而寂静的穹隆。
他将从我的遗骸旁偷去钥匙,
狂笑着打开我的一个个箱子,
于是我这些财宝便将滚滚地
流进他们那绸缎的无底的衣袋。
他将打破那些神圣的器皿,
用皇家的橄榄油调成地上的泥泞——
他挥金如土……可他有什么权利?
积聚这一切我难道一点不费劲,
是不是我像个赌徒开玩笑一样
摇响骰子,搂进一堆金子?
有谁知道,为了这一切我付出
多少代价:我痛苦地节衣缩食,
节制了多少欲望,费多少心血,
白天操劳,又度过多少不眠夜?
儿子会不会说,我的心长满了青苔,
我没有七情六欲,我的良心
从来也没有让我苦恼过?——这良心
像一头长爪子的野兽,挠着我的心,
它是个不速之客,乏味的谈伴,
是个粗暴的债主,是个女巫,
因为它,月亮会黯然无光,坟墓
也会骚动,把死人一个个放出来……

不，财产首先是艰苦挣来的，
然后再让我们看看，那可怜人
会不会随意挥霍用血汗挣来的钱。
啊，如果我能藏起这地室，
避开那觊觎的眼睛，那该有多好！
啊，如果我能从坟墓里出来，
做一个幽灵像现在坐在箱子上，
守卫我的财宝，那该有多好！……

第三场

（宫廷里）

艾伯，公爵

艾　伯

殿下，请相信，我忍受这痛苦的穷困的
耻辱已很久，要不是我走投无路，
您一定不会听到我的怨诉。

公　爵

是的，我相信，我相信，高贵的骑士，
像您这样的人，要不是万不得已，
决不会责备父亲。道德如此
败坏的人确实很少……请放心：
我会悄悄地单独劝告令尊。
我等他。我们很久不曾会面。
他是我的祖父的朋友。我记得，
在我还是个小孩的时候，他曾经
让我坐在他那匹战马的背上，

给我扣上他那顶沉重的头盔，
像扣上一口大钟。
（看着窗外）
那个人是谁？
不是他吗？

艾　伯

是他，殿下。

公　爵

您到
那房间里等我，我会叫您。
（艾伯下，男爵上）
男爵，
我真高兴，您这样健康、精神。

男　爵

殿下，我感到很高兴，我还能够
遵从您的吩咐前来见您。

公　爵

男爵，我们已经阔别多时，
您还记得我吗？

男　爵

我吗？殿下。

就像现在见到您一样清楚。
啊，您从前是个活泼的孩子。
已故的公爵曾对我说：菲利普
（他总叫我菲利普），再过二十年，
不错，你和我在这孩子面前，
将显得非常愚蠢，你说是不是？
就是说，在您面前……

公　爵

　　　　　　　　我们现在
又恢复了情谊。您忘了我的宫廷。

男　爵

殿下，如今我老了：在您的宫廷里
我能做什么？您这样年轻，您喜欢
搞骑士比武、过节。可我已经
不中用啦。要是上帝降下战争，
我一定喘着气，重新跨上战马，
我还有力量用这只颤抖的手
为您拔出那把古老的宝剑。

公　爵

男爵，对您的忠诚我深信不疑，
您是先祖父的朋友，家父也曾
敬重您。我一向认为您是一位
忠心而勇敢的骑士。让我们坐下。

男爵，您可有孩子？

男　爵

　　　　有一个儿子。

公　爵

为什么我没看见他出现在我的身边？
您已厌倦宫廷，可在他的年龄
他正该在我们这里求取功名。

男　爵

小犬不喜欢喧闹的社交生活，
他生性腼腆内向，郁郁寡欢——
成天在城堡外的树林里游荡，
就像一头小鹿。

公　爵

　　　　他这样腼腆
可不是好事。我们这就来教他
学会玩乐，参加舞会和比武。
送他到我这儿来，给儿子规定
一份和他的职衔相称的薪俸……
您怎么皱起眉头，是不是路上
劳累了？

男　爵

　　　　　启禀殿下，我并不疲倦，
但您让我不安。在您面前
我本不想言明，但是如今
您让我不得不说出原来想向您
隐瞒的有关儿子的所作所为。
殿下，很可惜，他全不配得到
您对他的恩宠和亲切关怀。
他尽在狂暴行为和放荡淫佚中
打发他的青春……

公　爵

　　　　　　　　这是因为，
男爵，他太孤独。生活的孤寂和
闲散往往会毁坏一些年轻人。
你把他送到我这儿来吧：他定会
摆脱荒僻地方中养成的习惯。

男　爵

殿下，请您恕罪，我真的不能
遵从您的吩咐去做这件事……

公　爵

这可是为什么？

男　爵

您饶了我这个老头吧……

公　爵

我要求您向我说明理由，为什么
拒绝我这个建议。

男　爵

我正在为儿子
生气。

公　爵

为了什么事？

男　爵

狠毒的恶行。

公　爵

请您说明，是什么狠毒的恶行。

男　爵

公爵，请饶了我吧……

公　爵

这太奇怪了，
您是不是替他害臊？

男　爵

是的……害臊……

公　爵

可他干了什么啦？

男　爵

他……企图

谋害我。

公　爵

谋害！如此说来我必须

把他交付法庭，这弑父的恶徒。

男　爵

我并不想证实，虽然我知道，

他确实巴望着我早一点死掉，

虽然我知道，他正在设计企图

谋害我……

公　爵

为什么？

男　爵

盗窃。

（艾伯冲进房间）

艾　伯

男爵，你撒谎。

公　爵

（对艾伯）

您竟敢？……

男　爵

你在这里！你竟敢对我！……

你居然会对父亲说出这种话！……

我撒谎！向我们的公爵殿下撒谎！……

对我……难道我不是骑士？

艾　伯

您撒谎。

男　爵

公正的上帝！为什么还不打雷！

捡起来吧，让宝剑来为我们评断！

（扔下手套，儿子立即捡起）

艾　伯

谢谢。这就是父亲的第一件礼物。

公　爵

我看见了什么？我面前发生了什么事？
儿子接受了年迈父亲的挑战！
什么时候我在身上套上了
公爵这锁链！住口：你这疯子。
还有你这头小老虎！够了，

（对艾伯）

扔掉它，
把你手里的手套给我。

（夺下手套）

艾　伯

（低声旁白[1]）

可惜。

公　爵

爪子就这么抓住了手套！——这恶魔！
走吧：在我没有叫你来之前，
你可不要出现在我的跟前。

（艾伯下）

您哪，这个不幸的老头，难道
您不害臊……

男　爵

殿下，请您恕罪……

---

① 原文为拉丁语。

我站不住了……我的腿发软……

我感到胸闷！……胸闷！……钥匙在哪儿？

钥匙，我的钥匙！……

公 爵

他死了。上帝！

啊，可怕的时代，可怕的人心！

莫扎特和萨列里

第一场

（内室）

萨列里

大家都说：世上没有真理，
可没有真理，在天上也一样。这件事
是如此明白，就像一个音阶。
我生下来就怀着对艺术的热爱，
还在孩提时代，当庄严的风琴
在我们古老的教堂高处鸣响，
我听着听着就出了神——两行热泪
便情不自禁、甜蜜地夺眶而出。
我早就舍弃了游手好闲的娱乐，
我不喜爱和音乐格格不入的
科学，我执拗而又傲慢地拒绝
这些学问，我全心全意献身的
只有音乐。第一步十分艰难，
第一段路程也很乏味。可是我
战胜了这些早期尝到的苦楚。
我把手艺视为艺术的根基，

我成了工匠：我让手指达到
得心应手、轻松自如的程度，
听觉也很灵敏。我扼杀了声音，
肢解音乐像肢解一具尸体。
我拿代数来检验和声。这时，
我已经富有经验，艺高胆大，
便沉浸于实现创作梦想的欢乐。
我开始创作，但是悄悄的偷偷的，
我还不敢奢望得到声誉。
不止一次，我枯坐在冷寂的斗室，
有那么两三天时间废寝忘食，
领略着充满灵感时的喜悦和眼泪，
我焚烧了手稿，并且冷漠地瞧着
我的构思和我所创作的乐曲
缓缓地燃烧，化为一缕轻烟。
有什么可说？当那伟大的格鲁克[①]
在世上出现，并揭开新的奥秘
（深刻而且令人心醉的奥秘），
难道我不该抛弃陈旧的学识，
抛弃热爱过、可怜地相信过的一切，
精神百倍地毫无怨尤地跟随他
前进，犹如一个迷途的旅人
为人所指点而走上另一条道路？

① 格鲁克（1714—1787），德国作曲家，歌剧的改革者。作有歌剧《奥菲欧》《伊菲姬尼在奥利德》《伊菲姬尼在陶利德》《阿尔米德》等作品。

我以锲而不舍的执着努力
终于在无边的艺术领域中达到
崇高的境界。声誉在向我微笑，
我亦在人们的心灵之中发现了
在欣赏我的作品时所产生的共鸣。
我感到幸福：我平静地沉醉于
自己的劳作、成就和声誉；我也
为这奇妙的艺术领域中的朋友、
同伴的作品和成功而欢欣鼓舞。
不！我从来不知道什么是嫉妒，
啊，我从来不嫉妒！甚至当匹契尼①
奇妙地迷住了外行的巴黎人的时候，
甚至在我第一次聆听了格鲁克的
《伊菲姬尼》②的开头的乐曲的时候。
有谁会说，那骄傲的萨列里
曾经是个善于嫉妒的小人，
是一条被人们践踏在脚下的毒蛇，
活着只能虚弱地啃着沙土？
谁也不会说！……可如今，我自己会说，
我是个好嫉妒的小人。我嫉妒，深深地、
痛苦地嫉妒他人。啊，天啊！
公理何在，当那神圣的禀赋，
当那不朽的天才并不用来奖赏

① 匹契尼（1728—1800），意大利作曲家，作品有歌剧《罗兰》等。
② 指《伊菲姬尼在奥利德》。

热烈的爱心、自我牺牲的精神、
孜孜不倦的劳作和虔诚的祈祷，
却赋予一个失去理智的头脑，
游手好闲的人？啊，莫扎特，莫扎特！

（莫扎特上）

莫扎特

啊！你看见了！可我原来却想
用一个意外的玩笑让你吓一跳。

萨列里

你在这里！——来很久了吗？

莫扎特

刚来找你，
本来想让你看看我带来的东西，
可是刚走过一家小酒店，突然
听到提琴声……不，朋友，萨列里！
你从来不曾听见比这更可笑的
事情……一个瞎子提琴手在小酒店
演奏“啊，谁知道你……”[①]真是奇迹！
我忍耐不住，带来这位提琴手
让你欣赏欣赏他的艺术。
进来吧！

---

① 莫扎特的歌剧《费加罗的婚礼》中的唱词。原文为意大利语。

（瞎老头带小提琴上）

给我们拉点莫扎特的乐曲！

（老头拉《唐璜》中的咏叹调，

莫扎特哈哈大笑）

萨列里

你竟笑得出来？

莫扎特

啊，萨列里！

你自己不也在笑吗？

萨列里

不，不。

一个蹩脚画匠在拉斐尔的圣母像上
胡乱涂鸦，我不会感到好笑，
一个下贱的小丑用他的模仿
污辱阿里格埃里[①]，我不会感到好笑。
走吧，老头儿。

莫扎特

等一等，这一杯给你，

为我的健康干杯。

（老头下）

---

① 意大利诗人但丁的名字。

萨列里，
你今天心情不好。我另找时间
再来看你。

萨列里

你给我带来了什么？

莫扎特

没什么，小事一桩。前两天夜里
我失眠，辗转反侧，一夜折腾，
脑子里突然出现了两三个念头，
今天我把它草草写出。想要来
听听你的意见。可是今天，
你没心思顾及我。

萨列里

啊，莫扎特，莫扎特！
我什么时候怠慢过你？请坐；
我听着。

莫扎特

（在钢琴前坐下）
请你想象一下……谁呢？
好吧，就是我……比现在要年轻一点，
我坠入爱河——不太迷恋，有一点——
和一个美人，或者和朋友——就算是你，

我很快乐……突然：出现了一个
鬼魂，黑暗来临，或这类事情……
现在你听听。

（弹琴）

萨列里

你带着这乐曲来找我，
却会在小酒店门口停下脚步，
听那瞎子提琴手拉琴！——天啊！
莫扎特，你啊，这是在糟蹋你自己。

莫扎特

怎么样，你觉得好吗？

萨列里

多么深刻！
多么大胆，同时又多么和谐！
莫扎特，你是上帝，你自己都不知道，
可我知道，我。

莫扎特

真的？也许……
可是我的上帝却在饿肚子。

萨列里

那么你听我说：我们一起

上金狮酒家去吃一顿。

莫扎特

好吧，

很高兴。可是得让我回家一趟，

关照太太，让她不要等我

回家吃中饭。

（下）

萨列里

我等你，你看着办吧。

不！我再不能和我的命运

作对：上天注定，让我来阻止他

前进——否则，我们都要完蛋，

我们两人都献身于音乐事业，

并非我必须独自默默无闻……

如果莫扎特活下去，让他再达到

一个新的高度，那有什么好处？

他能以此振兴艺术？绝不；

一旦他不在，艺术又将衰落：

他不会给我们留下后继的人。

他对我们有什么用处？就像个

天使，给我们带来几支天堂的歌，

试图激起我们这尘世的子民

缺乏想象力的愿望，然后飞走！

《莫扎特和萨列里》 M. A. 弗鲁别利 绘 1887 年

你还是飞走吧！飞走得越快越好。

　这是毒药，伊佐拉最后的馈赠。
我随身带着它已有十八个年头——
打那时候起，我就觉得生活
像个难以忍受的伤口；我常常
和这快乐的冤家在一起吃饭，
可我从来没有屈从那心声的
诱惑，虽然我并不是个胆小鬼，
虽然我常常感到深深的委屈，
我并不留恋生活。我还是没下手。
对死的渴望常常折磨着我，
可干吗要死？我想：也许生活
会突然给我送来一件礼物；
也许，狂喜、创造的不眠之夜
和灵感有朝一日会找上门来；
也许，一个新的海顿[①]会创造出
伟大的作品——我将感到痛快无比……
犹如欢宴一个痛恨的客人，
也许，我想，我将找到那个
最凶恶的仇人；也许那刻骨的仇恨
将在我心中不顾一切地爆发——
那时，伊佐拉的馈赠便没有白费。

① 海顿（1732—1809），奥地利作曲家，维也纳古典乐派代表人物之一。作品有交响曲《告别》《惊愕》《时钟》等一百余部以及大量其他乐曲。

因此我做得对！最后我终于
找到了仇人，一个新的海顿
让我狂喜不已，简直妙不可言！
现在是时候了！爱情的珍贵礼物
今天将要转赠给那友谊之杯。

第二场

（酒家里的包房，一架钢琴）
莫扎特和萨列里对坐桌前

萨列里

你今天怎么闷闷不乐？

莫扎特

我？没有啊！

萨列里

真的，莫扎特，你怎么心绪不佳？
今天的菜肴很不错，还有美酒，
可你不说话，愁眉不展。

莫扎特

我承认，
我的《安魂曲》[①]使我心神不宁。

---

① 原文为拉丁语。

萨列里

啊！

你在写《安魂曲》[①]？已经写了很久吗？

莫扎特

好久了，三个礼拜。但是很奇怪……

我对你说过没有？

萨列里

没有。

莫扎特

那就听我说。

三个礼拜以前，有一天我很晚
才回家。家里对我说，有一个人
来找我。他有什么事——我不得而知，
我彻夜都在思索：那个人是谁？
他有什么事找我？第二天那个人
又来找我，可是又没有找到我。
第三天我正在地上和我那孩子
一起玩耍。听说有人来找我，
我出去一看。一个穿黑衣的人
彬彬有礼地对我鞠躬，要我

---

① 原文为拉丁语。

写一首《安魂曲》[①]，说完走了。我立即
坐下，动手作曲——可是后来
那个黑衣人却没有再来找过我；
我倒也高兴；我可舍不得离开
我的作品，虽然那首《安魂曲》[②]
已经完全写好了。可是我……

萨列里

怎么？

莫扎特

我羞于承认这一点……

萨列里

怎么回事？

莫扎特

那个黑衣人让我日夜无法
安宁。他就像一个影子跟着我，
寸步不离我的身旁。我觉得
就是现在，他也在这里，和我们
在一起。

---

①② 原文为拉丁语。

萨列里

够了！不过是小孩子的恐惧。
快驱散这种虚妄的幻觉。博马舍[①]
曾经对我说："萨列里老兄，
一旦有阴暗的念头向你袭来，
你就拿出香槟酒，拔去瓶塞，
或者再读一遍《费加罗的婚礼》。"

莫扎特

对啊！博马舍确实是你的朋友；
你曾替他的歌剧《达拉尔》谱曲，
谱得真不错。那里有一段旋律……
我高兴的时候总哼着这段音乐……
啦啦啦啦……啊，萨列里，
听说博马舍毒死过人，这可是真的？

萨列里

我可不相信。说他干下这种事，
那可是太荒唐。

莫扎特

他可是一位天才，
正如你和我一样。而天才和暴行——

---

① 博马舍（1732—1799），法国喜剧作家。代表作有喜剧《塞维利亚的理发师》和《费加罗的婚礼》。

《莫扎特和萨列里》 M. A. 弗鲁别利 绘　1887 年

可是水火不相容。你说对不对？

萨列里

你这样认为？

（给莫扎特的酒杯下毒）

干了这一杯。

莫扎特

为你的

健康，朋友，为我们真诚的情谊，

这情谊联结着莫扎特和萨列里，

音乐女神的两个子民。

（一饮而尽）

萨列里

等一等，

等一等，等一等！……你竟干了！……不等我？

莫扎特

（把餐巾扔在桌上）

够了，我已经饱了。

（走向钢琴）

萨列里，请听

我的《安魂曲》①。

① 原文为拉丁语。

（弹奏）

你在哭？

萨列里

我是第一次

流下这种眼泪：又痛苦，又舒服，

就像履行了一项艰难的职责，

就像一把锋利的解剖刀肢解了

我受苦的病体！我的朋友莫扎特，

这眼泪……你别管，弹下去，赶快

让这些乐音充满我的心灵……

莫扎特

什么时候所有的人才能如此

感觉到音乐的力量！可是不：真那样

世界就不再存在；就没有人会来

关心卑微下贱的生活中的需要；

大家都会投身于自由的艺术。

我们这些精英，清闲的幸运儿很少。

我们都轻视那些可鄙的利益，

我们是献身于唯一的美的祭司。

你说对不对？可我今天不舒服，

我觉得心里很难受，我要去睡一觉。

再见吧！

萨列里

再见。

（独自一人）

你会久久地安睡，

莫扎特！可是难道让他说中了：
我也不是什么天才？天才和暴行
可是水火不相容。这话不对：
那么波纳罗蒂[1]呢？难道这是那
愚蠢的没有脑子的群俗的编造？
难道那梵蒂冈的缔造者不是凶手？

---

① 意大利文艺复兴盛期的雕塑家、画家、建筑师和诗人米开朗琪罗的名字。传说他为了更逼真地表现垂死的基督，杀死了模特儿。

石像客人

莱波雷洛　啊，伟大的骑士团统领

最喜爱的雕像！……

……啊，主人！

《唐璜》①

① 题词引自莫扎特的歌剧《唐璜》，原文为意大利语。

第一场

唐璜和莱波雷洛

唐　璜

我们就在这里等候到夜晚。
啊，我们终于来到马德里城门！
我马上要在这熟悉的街道上飞奔，
用斗篷遮住胡子，帽子遮住眉毛。
你看，人家就认不出我来了吧？

莱波雷洛

是啊！要认出唐璜确实很难！
像他这样的人难以胜数！

唐　璜

　　　　　　　　　　开玩笑？
可谁能认出我来？

莱波雷洛

　　　　　　　　第一个警卫，

西班牙吉卜赛舞女或喝醉的提琴手，
也许是你的兄弟，无耻的贵族，
腋下夹着佩剑，身披斗篷。

唐　璜

就让人家认出来何妨。只是
不要面对面碰上国王本人。
其实在这马德里我谁也不怕。

莱波雷洛

可明天消息就会传到国王那儿，
说是唐璜擅自从逐放地返回，
他曾在马德里出现——您说，那时
他会怎样把您处置？

唐　璜

送回去。
他们决不会砍掉我的脑袋。
因为我不是犯上作乱的国事犯。
他心里还爱我，只让我远远地离开，
好让死者的家属别来纠缠我，
让我得到安宁……

莱波雷洛

说到了点子上！
您最好还是在那里太太平平过日子。

唐　璜

恕我难以从命！我差一点
没在那里憋死。那是些什么人，
那是块什么地！天空呢？……像片烟雾。
而娘儿们呢？我愚蠢的莱波雷洛，
正如你所看到的，我可不愿意
用安达鲁西亚①最最差劲的农妇
去换取那边头等的美女——真的。
起初我还喜欢那些小妞儿，
喜欢她们的蓝眼睛、雪白的肌肤
和她们的温顺，主要是感到新鲜；
真要感谢上帝，后来我看透了——
我明白，结识她们都是罪过，——
她们身上没生命，像蜡做的玩偶，
可我们的娘儿们！……喂，这个地方
我们熟悉，你可认得出来？

莱波雷洛

怎么认不出：这是安东尼修道院，
我记得清楚。您常常来到这里，
我就在这座林子里看守马匹。
坦白说，这真是个可恨的差事，
您在这儿消磨时光，可比我快活，

---

① 西班牙的一个省。

这事千真万确。

唐　璜

（沉思）

　　　　可怜的伊涅莎！

她已经不在！可我是多么爱她！

莱波雷洛

伊涅莎！黑眼睛的女人……啊，我记得。

整整三个月您在那里追求她，

是那魔鬼在使劲帮您的忙。

唐　璜

那是七月的一个夜晚……在她那

忧郁的目光里，在她那死白的嘴唇上，

我发现了一丝奇异的快意。真奇怪。

你似乎不认为她是个美丽的女人。

确实如此，在她的身上很难

找到真正美丽的地方。那眼睛，

只有那眼睛。那眼神……这样的眼神

我从来没有遇见过。而她的声音

轻柔而虚弱，就像一个病人，

她的丈夫是个冷酷的恶棍，

事后我才知道……可怜的伊涅莎！……

莱波雷洛

没关系，还有别的女人。

唐　璜

是的。

莱波雷洛

只要我们活着，就会有别的女人。

唐　璜

说得对。

莱波雷洛

这会儿我们在马德里城里
将去找哪个妞儿？

唐　璜

啊，找劳拉！
我这就直接去找她。

莱波雷洛

是这么回事。

唐　璜

我们就直接去敲门——要是有人
在她那里，就让他跳窗出去。

莱波雷洛

这当然。我们一直在寻欢作乐。
死去的娘儿们不会长久地惊扰
我们。谁来了？

(修道士上)

现在她就要来到
这里。谁在这儿？是唐娜安娜的仆人？

莱波雷洛

不，我们自己就是老爷，
我们在这里散步。

唐　璜

可您在等谁？

修道士

唐娜安娜这会儿该来了。她要到
丈夫的坟上去凭吊。

唐　璜

唐娜安娜·
德·索尔瓦！怎么！是骑士团统领的
遗孀……我忘了她丈夫被谁杀害了。

修道士

是那没良心、不信神的色鬼唐璜。

莱波雷洛

原来如此！有关唐璜的传闻
竟然渗透到安静的修道院里面，
那些出家人正在为他唱赞美诗。

修道士

也许你们认识他？

莱波雷洛

我们？不认识。
眼下他在哪里？

修道士

他不在这里，
他被放逐到远方。

莱波雷洛

荣耀归于主。
把他们放逐得越远越好。最好是
把这些色鬼装麻袋扔到海里。

唐　璜

你在胡说些什么？

莱波雷洛

别吭声：我故意……

唐　璜

这么说，骑士团统领埋葬在这里？

修道士

埋葬在这里。夫人为他建立了
一座雕像，她每天都到这里
为他灵魂的安息虔诚祷告，
痛苦哀伤。

唐　璜

多么古怪的孀妇！
她模样儿长得不错吧？

修道士

我们这些
出家人对女色可不敢妄存邪念，
但撒谎也是罪过，就是圣徒
也不能不承认她的天生丽质。

唐　璜

这就难怪那死者要打翻醋坛子。
他把唐娜安娜禁锢在深闺，

我们中谁也无缘见她一面，

我倒想和她面对面随便谈谈。

修道士

啊，唐娜安娜从来也不

和男人说话。

唐　璜

和您说过吗，神父？

修道士

和我说话是另一回事，我是修道士。

瞧她来了。

（唐娜安娜上）

唐娜安娜

我的神父，请开门。

修道士

就来，夫人，我在此恭候多时了。

（唐娜安娜随修道士下）

莱波雷洛

怎么样，漂亮吗？

唐　璜

一点也看不清，

这寡妇全身披着黑色的丧服，

我只稍稍看到那纤小的后跟。

莱波雷洛

这一点已足够了。您的想象力极丰富，

片刻间您就能想象出她的全身，

您的想象力比画家还要敏捷，

不管从哪里想起，您都一样，

可以从眉毛，从秀足。

唐　璜

听着，莱波雷洛，

我要和她认识认识。

莱波雷洛

瞧您！

您这是得寸进尺！刚刚撂倒了丈夫，

又要瞧瞧遗孀流泪的模样。

真没良心！

唐　璜

可是天已经黑下来了。

趁月亮还没有升到我们头上，

还没有照亮这朦朦胧胧的夜色，

我们赶快进马德里。

（下）

莱波雷洛

西班牙贵族就像贼。

等着天黑，又怕月光——天啊！

该诅咒的生活。我还得陪着他胡闹

到几时？真的，我已是精疲力竭。

第二场

（内室。劳拉家晚宴）

客人甲

我敢发誓，劳拉，你从来也没有
演得这么完美，出神入化。
你多么准确地理解了你的角色。

客人乙

你把她表现得多么好，多么有力量！

客人丙

你技艺高超！

劳　拉

　　　　　　是的，今天我成功地
表演了每个动作，每句台词。
我充满灵感，演得得心应手，
台词自然而然地流泻，似乎
不是凭记忆，而是发自内心……

客人甲

说得对。

就是现在你双目还闪闪发亮，
双颊在燃烧，你那兴奋的心情
还没有消失。劳拉，你可别让这
美好情绪白白消退，唱吧，
劳拉，随便唱点什么。

劳　拉

给我吉他。

（唱）

众　人

真棒，真棒！[①]妙极了！举世无双！

客人甲

谢谢你，妙人儿。你让我们大家
都心荡神迷。在诸般快乐当中
唯有爱情能让音乐稍许逊色；
可是爱情也是一首歌……你瞧：
你那忧郁的客人卡洛斯也感动了。

客人乙

多美妙的音乐！包容着多少感情！

---

① 原文为意大利语。

这是谁写的歌词，劳拉？

劳　拉

唐璜。

唐卡洛斯

什么？唐璜！

劳　拉

是他从前写的，

我那忠实的朋友，风流的情人。

唐卡洛斯

你的唐璜是个渎神的无赖。

而你，是个傻瓜。

劳　拉

你发疯了？

虽然你是一个西班牙贵族，

我可要吩咐仆人把你宰了。

唐卡洛斯

（起立）

你把他们叫来吧。

客人甲

劳拉，别说了；
唐卡洛斯，你别生气。她忘了……

劳　拉

什么？忘了唐璜在决斗中按规矩
杀了他的亲兄弟？是的，可惜
没有把他杀了。

唐卡洛斯

我生气了，真愚蠢。

劳　拉

好吧，你自己承认，你很愚蠢。
我们可以讲和啦。

唐卡洛斯

对不起，劳拉，
请你原谅我。可你要知道，听到
这个名字，我心里无法平静……

劳　拉

那么我是不是也错了，因为
我嘴里不时要提到这个名字？

客　人

好吧，为了表示你已不生气，
劳拉，你再唱支歌。

劳　拉

　　　　　　　　好，作为告别，
该散席了，夜已深。可我唱点什么？
好吧，请听。

（唱）

众　人

　　　　妙极了，举世无双！

劳　拉

让我们再见吧，诸位。

众客人

　　　　　　　　　再见，劳拉。

（众人下。劳拉留住唐卡洛斯）

劳　拉

你这个疯子！在我这里留下吧，
我喜欢你，你让我想起了唐璜，
你刚才骂我的那副模样就像他，
是那么咬牙切齿。

唐卡洛斯

他是个幸运儿!

这么说，你爱过他。

(劳拉表示肯定)

很爱吗?

劳　拉

很爱。

唐卡洛斯

现在还爱他?

劳　拉

你是指这个时刻?

不，不爱，我不能同时爱两个人。

现在我爱的是你。

唐卡洛斯

告诉我，劳拉，

你今年芳龄几何?

劳　拉

我今年十八。

唐卡洛斯

你还年轻……还有五六年时间

你可以保持青春。还有六年
人们会围在你的身边打转，
他们会疼你，讨好你，给你送礼，
对你唱小夜曲，让你感到甜蜜，
为了争夺你，他们会在夜间
到十字路口互相残杀。可是
美好年华一经过去，当你的
眼窝凹陷，眼皮起皱、发黑，
你的发辫中一茎茎白发闪现，
大家都一起把你称作老太婆，
那时你可怎么办？

劳　拉

　　　　　　那时？你干吗
提起这事情？这话是什么意思？
你是不是常常在想这些事？
来吧，打开凉台门。天空多晴朗，
没有风，天气暖和，夜色中弥漫着
柠檬和月桂的清香，皎洁的明月
在深夜湛蓝的天际中流泻出光华，
更夫拖长声音高喊着："天晴啰！……"
而在遥远的北方，在法国的巴黎，
也许天空中正密布着层层乌云，
下着寒冷的细雨，刮着狂风。
可这与我们何干？听着，卡洛斯，
我要你对我笑一笑……

对对!

唐卡洛斯

可爱的魔鬼!

(敲门声)

唐　璜

喂,劳拉!

劳　拉

那是谁?谁的声音?

唐　璜

开门,开门……

劳　拉

真的是他吗!……上帝!……

(开门,唐璜上)

唐　璜

你好……

劳　拉

唐璜!……

(劳拉扑上去,搂住他的脖子)

唐卡洛斯

怎么！是唐璜！……

唐　璜

劳拉，亲爱的朋友！……

（吻她）

谁在你这里，我的劳拉？

唐卡洛斯

是我，

唐卡洛斯。

唐　璜

啊，一次没想到的会面！

明天我准来为您效劳。

唐卡洛斯

不！

现在——立刻。

劳　拉

唐卡洛斯，别这样！

你们不是在街上——是在我家里，

请你们都出去吧。

《石像客人》（木刻版画）B. A. 法沃尔斯基 绘刻　1959—1961 年

唐卡洛斯

（不理她）

我等着。您看怎么样，

您可是带着佩剑。

唐　璜

如果您真是

那么迫不及待，就请吧。

（斗剑）

劳　拉

喂，喂，璜！……

（扑到床上。唐卡洛斯倒地）

唐　璜

起来，劳拉，事情了结了。

劳　拉

怎么回事？

他死了？好啊！就在我的房间！

现在我可怎么办，你这浪荡汉？

我把他扔到什么地方？

唐　璜

也许，

他还活着。

劳　拉

（察看尸体）

是的！活着！魔鬼，你瞧，
你一剑刺中他的心窝，不偏不倚，
鲜血并不从三角伤口中流出来，
已经没了气——怎么样？

唐　璜

有什么办法？
是他自己找的。

劳　拉

喂，唐璜，
实在遗憾。你总是这样胡闹——
可又从来不认错……你从哪里来？
在这里很久了吗？

唐　璜

我刚刚来到，
只是悄悄的——我还没有被赦免。

劳　拉

你一来就立刻想到你的劳拉？
好事就是好事。可闲话少说，
我可不相信。你是偶然经过，

看见了我的家。

唐　璜

　　　　　不，我的劳拉，
你可以问问莱波雷洛。我暂住
在城外一家讨厌的客栈。我是来
马德里寻找我的劳拉的。
（吻她）

劳　拉

　　　　　　　　　　　亲爱的！……
等一下……有死人在场！……拿他怎么办？

唐　璜

让他去：等明天黎明前，一大清早，
我用斗篷裹着他，把他扛出去，
扔在十字路口。

劳　拉

　　　　　不过要小心，
可别让人家在路上把你碰到。
你来得真是凑巧，到达我这里
刚刚晚了一分钟！你的朋友们
在我这里参加晚宴。他们
刚刚才出去。你差一点就碰上！

唐　璜

劳拉，你爱他已经很久了吗？

劳　拉

爱谁？你在胡说。

唐　璜

　　　　　　　　你坦白说，
我不在这里的时候，你有多少次
背叛了我？

劳　拉

　　　　　可你呢，你这浪荡汉？

唐　璜

你说……不，我们以后再谈吧。

第三场

（骑士团统领的雕像）

唐　璜

万事大吉：我在无意中杀死了
唐卡洛斯，现在我躲在这里，
打扮成一个谦恭的出家人，每天
都能看见我那俊美的寡妇，
我觉得，她也注意到我，直到现在
我们彼此都是彬彬有礼，
可今天我一定要和她搭讪几句。
时候到了。可如何开始？“我斗胆”……
不，也许尊一声“夫人”……算了！
想到什么就说什么，不打腹稿，
像一个朗诵爱情诗的即兴诗人……
这会儿她该来了。她不在这里，
我想，那骑士团统领会把她想念。
在这里他显得多么魁梧伟岸！

肩膀宽阔，像个赫拉克勒斯[1]！……
其实那死人本人瘦小孱弱，
他站在这里，就是踮起脚尖
伸出手来也摸不到自己的鼻子。
当年我们在埃斯科里亚尔[2]城外
相遇，他一头撞在我的剑尖上，
像蜻蜓被大头针刺穿，不再动弹，
他本来傲慢而大胆，秉性冷峻。
啊，她来了。

（唐娜安娜上）

唐娜安娜

他又在这里。神父，
我打扰了您的深沉的思考——
请恕罪。

唐　璜

夫人，应该由我来请求您
恕罪。也许是我妨碍了您
在这里尽情地倾吐您的悲哀。

唐娜安娜

不，神父，悲哀深藏在我心里，

---

① 希腊神话中的英雄，神勇无敌，完成过十二项英雄业绩。
② 西班牙城市，在马德里附近，十六世纪西班牙国王的离宫。

有您在一起，我的祈祷会顺利地
上达天庭，因此我要请求您
和我一起虔诚地祷告上苍。

唐　璜

我，我和您一起祷告，唐娜安娜？！
我可不配享受这样的福分。
我怎敢用我这罪孽深重的嘴唇
重复您口中发出的神圣的祷词。
我只能怀着敬佩之情远远地
望着您，看您默默地躬身俯伏，
将您的满头青丝撒落在苍白的
大理石雕像上，这时我会觉得
是天使悄悄降临这座墓园，
我定会心情激动，将该念的祷词
忘得一干二净。我会暗自
称奇，心想，那冰冷的大理石雕像
竟能受到她天神般气息的温暖，
承受她的爱情之泪，真是幸福……

唐娜安娜

您这些话多么古怪！

唐　璜

　　　　　　　　　什么，夫人？

唐娜安娜

我觉得……您忘了。

唐　璜

什么？您认为我是个
卑微的出家人？不应该在这里放任
我那有罪的声音高声喧响？

唐娜安娜

我仿佛觉得……我不明白……

唐　璜

啊，我看出：您终于、您终于认出了！

唐娜安娜

我认出了什么？

唐　璜

是这样，我不是修道士——
我要跪倒在您的脚下祈求恕罪。

唐娜安娜

啊，上帝！起来，起来……您是谁？

唐　璜

不幸的人，一个绝望的爱情的牺牲品。

唐娜安娜

啊，我的上帝！在这里，在这座坟墓旁！
您走开。

唐　璜

　　　　您给我一分钟，唐娜安娜，
只要一分钟！

唐娜安娜

　　　　　　万一有人进来！……

唐　璜

栅栏已经关紧。只要一分钟！

唐娜安娜

快说吧，您有什么事？

唐　璜

　　　　　　　　　　但求一死。
啊，就让我现在死在您脚旁。
让我可怜的遗骸在这里掩埋，
不是在您的爱人遗骸的旁边，
不是这里，不要太近，而是那边
远一点的地方，在门旁，在入口处那里，
当您来凭吊这尊贵的坟墓，鬈发

垂落，您在失声痛哭的时候，
让您那轻盈的秀足和飘逸的裙裾
能够触及我的坟墓上的石碑。

唐娜安娜

您是发疯了。

唐　璜

　　　　　　也许，唐娜安娜，
想死也是发疯的一种症状？
如果我是发疯，我就会希求
活在人世，我就会存着希冀，
想用缠绵的爱情来打动您的心；
如果我是发疯，我就会在您的
凉台前度过一个又一个夜晚，
用无尽的小夜曲来惊扰您的清梦，
我就不会隐匿起来，相反，
我会竭力让您到处看见我；
如果我是发疯，我就不会
在沉默中备受煎熬……

唐娜安娜

　　　　　　　　　　就这样您还算
沉默？

唐　璜

　　　　唐娜安娜，偶然的机会
吸引了我。——否则您将永远
不会知道我心中悲哀的秘密。

唐娜安娜

您爱我已经是很久的事了吗？

唐　璜

是不是很久，我自己也不知道。
我是从那个时刻爱上您的，
那时我刚知道人生一刻的价值，
那时我刚明白幸福一词的含义。

唐娜安娜

您走开吧——您是一个危险的人。

唐　璜

危险的人！有什么危险？

唐娜安娜

　　　　　　　　　　我怕听您的话。

唐　璜

我再不说了，只求您不要赶走我，
您的容貌是我唯一的快乐。

我不敢妄存一丝过分的希望，
我对您没有任何要求，但是
我必须看到您，既然我一生已经
注定。

唐娜安娜

　　　　您走吧——这里不是地方，
不能谈这种话，不能如此轻狂。
明天您可以到我那里去。如果
您发誓对我保持这样的尊重，
我可以接待您；但必须晚上，晚些——
自从我失去夫君，我就不见
任何人……

唐　璜

　　　　　　唐娜安娜，我的天使！
上帝会让您得到安慰，就像您
安慰了我这不幸的受苦人一样。

唐娜安娜

您走开吧。

唐　璜

　　　　　　请您再等一等。

唐娜安娜

不，我得走了……再说我已无心
做祷告。您那些世俗的话语让我
乱了方寸；我的耳朵已很久很久
没有听到过这样的话语。明天
我可以接待您。

唐　璜

我还不敢相信，
我还不敢在这种幸福中沉醉……
我明天将要看见您！——不是在这里，
也不是偷偷的！

唐娜安娜

是的，明天。
怎么称呼您？

唐　璜

迪耶戈·德·卡尔瓦多。

唐娜安娜

再见，唐迪耶戈。

（下）

唐　璜

莱波雷洛！

（莱波雷洛上）

莱波雷洛

您有什么吩咐？

唐　璜

亲爱的莱波雷洛！

我多么幸福！……“明天晚上，晚些……”

我的莱波雷洛，明天——准备一下……

我多么幸福，像个孩子！

莱波雷洛

您和

唐娜安娜谈了话？也许她对您

说了几句亲切客气的话，

或者您对她甜言蜜语一番。

唐　璜

不，莱波雷洛，不！她已经

和我约好了幽会的时间！

莱波雷洛

真的吗！

啊，寡妇们，你们全一样。

唐　璜

　　　　　　　　　　　我多幸福!
我要唱歌，我要拥抱全世界。

莱波雷洛

可骑士团统领呢？他会说些什么？

唐　璜

你是不是以为他会吃醋？
肯定不会；他是个理智的人，
在他去世之后，便与世无争。

莱波雷洛

不，请你看看他的雕像。

唐　璜

怎么？

莱波雷洛

　　　他好像正对你怒目而视，
他生气了。

唐　璜

　　　　　你就去吧，莱波雷洛，
请他明天光临，来舍下做客——
不，不是来找我，是去唐娜安娜家。

莱波雷洛

请石像去做客！这是干吗？

唐　璜

当然

不是为了请他去和她谈话——

你去请这石像明天到唐娜安娜家，

让他晚上晚些时候到达，

在大门旁边站岗。

莱波雷洛

您真会开玩笑，

和谁闹着玩！

唐　璜

去吧。

莱波雷洛

可是……

唐　璜

去吧。

莱波雷洛

最最光荣、最最美好的石像！

我家老爷唐璜恭请阁下
光临……啊，上帝作证……我不能，
可吓死我啦。

唐　璜

胆小鬼！瞧我揍你！……

莱波雷洛

对不起。

我家老爷唐璜恭请您明天
晚上晚些时候到您夫人家，
在大门口站岗……

（石像点头表示同意）

哎呀！

唐　璜

什么事？

莱波雷洛

哎呀！……

哎呀……吓死我啦！

唐　璜

你到底怎么啦？

莱波雷洛

（点头）

石像……哎呀！

唐　璜

你对它鞠躬！

莱波雷洛

不是，

不是我，是它！

唐　璜

你在胡说些什么！

莱波雷洛

你自己去看。

唐　璜

那你就等着瞧，无赖。

（对石像）

骑士团统领，我请求你明天

到你的遗孀那里去，我将在那里，

你到大门旁去站岗。怎么样？去不去？

（石像又点头）

啊，上帝！

莱波雷洛

怎么样？我说过……

唐　璜

快走。

第四场

（唐娜安娜的房间）

唐璜和唐娜安娜

唐娜安娜

我接待了您，唐迪耶戈；我只是
担心，我那充满悲哀的谈话
会使您烦闷：我这个可怜的寡妇
不会忘记亡夫之痛。笑容
总伴随着眼泪，就像四月的天气。
您为什么不说话？

唐　璜

我默默地享受，
深深地沉浸在一种思想里：意识到
我和俊美的唐娜安娜单独
在一起。这里不是那幸运儿的坟墓，
我看见您并非双膝跪落在
大理石的夫君面前。

唐娜安娜

唐迪耶戈，
您的嫉妒心多重——我那坟墓里的
丈夫也使您难过?

唐　璜

我不该嫉妒。
他是您选中的。

唐娜安娜

不，是我母亲
要我答应唐阿尔瓦尔的婚事。
我家很穷，而唐阿尔瓦尔家很富。

唐　璜

真是个幸运儿！他把无用的财宝
献到女神的脚下，以此换来
天堂般的快乐！如果我能早些
认识您，我将会多么兴高采烈，
把爵位、财富，一切都献给您，
一切都为了得到您青眼的一瞥；
我会成为您神圣意志的奴隶，
我会捉摸您的脾性与爱好，
以便事先让您满足，让您的
生活变成不断出现的欢乐。

唉！命运却给我作了另一种安排。

唐娜安娜

迪耶戈，您别再说了：听着您的话，
在我是一种罪孽，我不能爱您，
寡妇应该对亡夫忠贞不渝。
您要是知道唐阿尔瓦尔如何
爱我就好了！啊，唐阿尔瓦尔
如果失去妻子，他一定不会
接待一个钟情于他的女子，
他会忠于夫妇的爱情。

唐　璜

　　　　　　　　　　您总是
忘不了夫君，唐娜安娜，别拿
这个折磨我的心。您把我惩罚
够了，虽然我活该受这种惩罚。

唐娜安娜

为什么？您并没有和谁结下
神圣的婚姻，对吗？您爱上我，
对我，对上天，您都问心无愧。

唐　璜

对您！上帝！

唐娜安娜

难道说您有什么
对不起我的地方，说吧，什么事？

唐　璜

不！
不，决不能说。

唐娜安娜

迪耶戈，怎么回事？
您对我有愧？告诉我，什么事情？

唐　璜

不！绝不说！

唐娜安娜

迪耶戈，这就奇怪了：
我请求您，我要求您说明白。

唐　璜

不。不。

唐娜安娜

好吧！您就是这样听从我的意志！
您刚才还对我说过一些什么话？
您说，您愿意成为我的奴隶。

现在我要生气了。迪耶戈，您回答我，
您到底有什么事对不起我？

唐　璜

我不敢说。
说出来，您一定会对我切齿痛恨。

唐娜安娜

不会，不会，我就先此饶恕您，
但是我想知道……

唐　璜

您最好不要，
不要知道那件可怕的杀人的秘密。

唐娜安娜

可怕的秘密！您是有意折磨我。
我非常想知道，到底是怎么一回事。
我不认识您，无论是现在和以前，
我都没有仇敌。只有一个人，
是杀害我丈夫的凶手。

唐　璜

（自言自语）

事情要了结了！
请您告诉我：那位不幸的唐璜，

您可认识？

唐娜安娜

不认识，我从来
没有见过他。

唐　璜

您心中是否对他
怀有仇恨？

唐娜安娜

是的，为自己的尊严。
可是您这会儿总在竭力岔开
我所提出的问题。唐迪耶戈——
我要求……

唐　璜

如果您面对面遇上唐璜，
您会怎么样？

唐娜安娜

我会抓起匕首，
刺入这无赖的心脏。

唐　璜

唐娜安娜，

匕首在哪里？这是我的胸膛。

唐娜安娜

迪耶戈！

您怎么啦？

唐　璜

我不是迪耶戈，我是唐璜。

唐娜安娜

啊，上帝！不可能，我不相信。

唐　璜

我是唐璜。

唐娜安娜

不可能。

唐　璜

是我杀死了

您的丈夫；对这件事我并不感到

遗憾，而且我心中也不后悔。

唐娜安娜

我听见了什么？不，不，不可能。

唐　璜

我是唐璜，而且我也爱你。

唐娜安娜

（跌倒）

我在哪里？我在哪里？我难过。

唐　璜

天啊！

她怎么啦？你怎么啦，唐娜安娜？

起来，起来，你醒醒，你的迪耶戈，

你的奴仆在你的脚旁。

唐娜安娜

你走开！

（虚弱）

啊，你是我的仇敌——你夺走了

我生活中的一切……

唐　璜

我心爱的人儿！

我要不惜一切弥补我的过错，

我匍伏在你的脚下听候发落，

只要你下令，我就死；只要你下令，

我只为你活着……

唐娜安娜

　　　　　　这么说你真是唐璜……

唐　璜

难道不是吗？他曾被您说成
无赖、恶魔。——啊，唐娜安娜，——
流言也许并非完全是虚妄，
也许真有许多罪恶压在
我疲惫的良心上。因此长期以来
我成了骄奢淫逸的顺从的学徒，
可是自从我看见您那一刻起，
我就觉得我已经脱胎换骨。
我爱上您，我也珍爱人的德行，
我平生第一次在人的德行面前
恭顺地跪下我那颤栗的双膝。

唐娜安娜

啊，唐璜巧舌如簧，我知道，
我也听说过，他是个狡猾的诱惑者。
人家都说，你是个渎神的色鬼，
您是个真正的魔鬼。您糟蹋了多少
可怜的妇女。

唐　璜

　　　　　　到今天为止，其中
我一个也没有爱过。

唐娜安娜

我倒愿意相信，

唐璜这是第一次落入情网，

不是在我身上寻找新的牺牲品！

唐　璜

如果我是有意把你欺骗，

我何必坦诚相见，我怎么会

说出那个不能让你听到的名字？

您从哪儿看出我的阴险狡诈？

唐娜安娜

谁又知道您？但是您怎么能

来到这里？在这里人们会认出您，

到那时您就逃不出死亡的结局。

唐　璜

死算得了什么？为了甜蜜会面的

一刻，我死而无怨。

唐娜安娜

可是您怎么

从这里出去，您这个莽撞的人！

唐　璜

（吻她的手）

啊，您竟还担心可怜的唐璜的
生命！这说明在您天神般的心灵中
已经没有憎恨，唐娜安娜！

唐娜安娜

啊！要是我能憎恨您就好了！
可现在我们已到了分手的时候。

唐　璜

什么时候我们再见面？

唐娜安娜

不知道。
随便什么时候。

唐　璜

明天？

唐娜安娜

在哪里？

唐　璜

这里。

唐娜安娜

啊，唐璜，我的心实在太软了。

唐　璜

作为宽恕的保证请给我一吻……

唐娜安娜

你该走了。

唐　璜

一个冷淡而平静的吻……

唐娜安娜

您真是纠缠不清，喏，来吧。

谁在敲门？快躲起来，唐璜。

唐　璜

别了，再见，我的亲爱的朋友。

（下，又跑上）

啊！……

唐娜安娜

你怎么啦？啊！

（骑士团统领石像上。唐娜安娜倒下）

石　像

我应召而来。

唐　璜

啊，上帝！唐娜安娜！

石　像

放下她，

一切都结束了。你在发抖，唐璜。

唐　璜

我？没有。我请你来，很高兴看到你。

石　像

让我们握握手。

唐　璜

行……啊，好痛，

他那石头的手握得我好痛！

放开我，放开我……放下我的手……

我要死了——全完了——啊，唐娜安娜！

（一起倒下）

瘟疫流行时的宴会

（威尔逊悲剧《瘟疫流行的城市》①片断）

① 约翰·威尔逊，十九世纪英国诗人。剧名原文为英语。

（街道。准备好酒宴的餐桌。几个饮宴的男女）

年轻人

尊敬的主席！我想请您回忆
一个人，我们跟他都很熟悉，
他插科打诨，所讲的好笑故事，
俏皮的回答，扮出一副滑稽的
正经的样子，插话却很刻薄，
常常让我们宴饮时谈笑风生，
就是如今我们的客人——瘟疫
光顾我们最光辉的社会贤达时，
他的在场也能够驱散阴影。
两天前我们还一起哈哈大笑，
赞赏他的故事说得好，要我们
在快乐的宴会上忘记这位杰克逊，
那简直不可能。如今他的座椅
空空荡荡地放在这里，好像在
等候这位快活人，可是他已经
离开我们去到阴冷的九泉……

虽然他那伶牙俐齿的善辩
在坟墓的尸灰中尚未完全沉默，
我们活着的人毕竟还很多，因而
我们没有理由悲伤。现在，
我提议我们大家干一杯纪念他，
把酒杯碰得丁当响，高声欢呼，
犹如他还活在世上。

主　席

他第一个
离开我们这圈子，让我们还是
默默地干一杯纪念他。

年轻人

就这么办吧。

（大家默默地干杯）

主　席

亲爱的姑娘，你的歌喉常歌唱
故乡的歌，是那么朴实，那么美妙；
给我们唱一支吧，梅丽，沉郁而悠长，
让我们以后再次寻欢作乐时
更加疯狂，就像我们那个
被某种幽灵夺去生命的同伴。

梅　丽

（唱）

从前我们的故乡
曾经是一片兴旺；
礼拜天男女老少
挤满了上帝的教堂；
嬉闹的学校里面
孩子们的读书声在荡漾，
在阳光灿烂的田野里
有锋利的镰刀在闪光。

如今教堂里空荡荡；
学校关了门没声响；
田野上庄稼在腐烂，
阴暗的树林已荒凉；
村庄只剩下废墟，
像遭了大火的住房——
阒无人声。而墓地
却不断有人来吊丧。

不时抬来个死人，
活人个个好悲伤，
怯生生地祈求上帝，
让死人早日上天堂。
不时有人要落葬，
墓群像受惊的牛羊，

你推我搡挤成堆，
给新墓让出地方。

如果我生命的青春
注定要早早进坟场，
你啊，我热爱的情哥
（你的爱曾给我欢畅），
我求你：请别走过来，
别靠近珍妮的身旁，
别吻这死人的双唇，
只远远跟着来送葬。

以后就离开村庄，
随便到什么地方，
在那里只要能休息，
磨平你心灵的创伤。
等到瘟疫过去后，
再来看夭亡的姑娘，
珍妮就是在天国，
也不忘爱德蒙我情郎。

主　席

我们都要感谢你，忧伤的梅丽，
感谢你给我们唱了这哀怨的歌曲。
看来从前同样的这种瘟疫
也曾在你们的山野和谷地流行，

那凄凄惨惨的哀号也曾经响彻
许许多多大河和小溪的两岸，
如今这些河流正欢快而平静地
流过你们家乡荒凉的土地；
在那个悲伤的年头，有多多少少
剽悍、善良和俊美的人儿遭殃，
如今一些普普通通的牧歌里
还隐约记录着那个年代的故事。
那牧歌是如此忧伤而悦耳……啊，
在我们的娱乐中没有什么能比
这痛苦、难忘的歌声更令人悲伤。

梅　丽

啊，但愿我从来就不曾离开
我的双亲的茅舍，在外面唱歌！
他们喜欢听自己的梅丽的歌唱；
而我也仿佛在倾听自己唱的歌，
自己站在老家的门口唱的歌。
那个时候我的歌喉要甜润得多，
那是一种纯真的歌喉。

路易莎

　　　　　　　　　　如今
这种歌已不流行。但是仍然
有一些老实人，他们乐于一看到
女人的眼泪便心软，盲目相信

她们。梅丽相信，她泪汪汪的眼睛
能使人倾倒，如果她也是这样
想到她的笑声，那么她准会
自个儿笑个不停。沃尔辛厄姆
称赞大叫大嚷的北方美人：
她便咿咿呀呀哼个没完。我就恨
这些黄色头发的苏格兰女人。

主　席

请大家注意：我听见了车轮的响声。
（驶来一辆装满死人的马车，
一个黑人在驾驭）
啊！路易莎晕倒了；凭她的话语，
我认为她具有男人般铁石心肠。
可是硬心肠往往不如软心肠，
被情欲苦恼的心灵总怀着恐惧，
梅丽，往她脸上泼点水。她好些了。

梅　丽

和我同样悲哀与受辱的姐妹，
请靠在我的胸口上。

路易莎

（苏醒过来）
我梦见一个
可怕的魔鬼，白眼睛，浑身乌黑……

他叫我到他的马车上去。那里面
堆满了死人，他们都嘟嘟囔囔，
在说些无法听懂的可怕的话……
请你们告诉我，这是不是在做梦？
马车驶过了没有？

年轻人

好啦，路易莎，
你该想开些，至少我们这条街
还可以太太平平地避开死神，
是一些心神平静的人饮宴的好地方，
你要明白，这辆黑色的马车，
它有权想驶到哪里就驶到哪里。
我们应当让它驶过。听我说，
沃尔辛厄姆，为了消除争论
和女人晕倒的影响，你就给我们
唱一支歌吧，要欢快活泼的歌，
不要充满苏格兰忧郁的情调，
要一首热烈得发狂的酒神之歌——
在我们畅饮冒泡的美酒时诞生。

主　席

我不会这样的歌，但我可以给你们
唱一支献给瘟疫的歌——在前夜
我们分手以后我把它写成。
说来也奇怪，这是我平生第一次

诗兴大发，现在就请听我歌唱：

我沙哑的嗓子正适合唱这种曲子。

众　人

献给瘟疫的歌！让我们听听！

献给瘟疫的歌！好极了！**真棒！真棒！**[①]

主　席

（唱）

当那所向无敌的冬天，
像个精神抖擞的将军，
亲自率领毛茸茸的部队——
冰霜和大雪来攻击我们，
壁炉便劈啪响，欢宴便开场，
一起迎接冬天的光临。

*

瘟疫那阴森可怕的女皇，
如今正亲自向我们宣战，
图谋取得丰硕的收获，
她高高举起死亡的铁铲，
日夜敲击着我们的门窗。
谁来救我们，我们怎么办？

*

① 原文为意大利语。

像逃避调皮捣蛋的冬天，
我们把瘟疫关在门外，
点燃灯火，再斟满酒杯，
快快活活把一切忘怀，
摆开盛宴，还举行舞会，
让我们歌唱瘟疫的到来。

*

有一种快乐，产生于战斗，
产生于无底深渊的边缘，
产生于掀起狂澜的海洋、
可怕的巨浪和暴风雨的夜晚，
产生于阿拉伯海的飓风，
产生于瘟疫的到处蔓延。

*

一切，以死亡相威胁的一切，
往往在一个凡人的心中
会产生不可名状的快乐——
永生，也许是一种保证，
谁在惊慌中能够体验
和拥有它们，谁就很幸运。

*

因此我要赞美你，瘟疫，
我们不害怕坟墓的黑暗，
你的召唤不会使我们惊慌。

我们要一起把酒杯斟满，
痛饮如花美眷的芳香——
也许瘟疫正藏在那里边。

(老教士上)

教　士

渎神的酒宴，一群渎神的疯子!
你们饮酒作乐，唱淫荡的小调，
用以嘲弄这到处散播死亡的、
笼罩着阴沉悲哀而死寂的时刻!
在凄凄惨惨的殡葬恐怖气氛中，
面对失色的人群，我祈祷在墓地，
但你们那可恨的兴高采烈的喧闹
却扰乱着坟墓里的安宁，震撼着
黄土下面那些屈死的冤魂。
如果老人和妇女们的虔诚祈祷
不能够净化那些公共的墓穴——
我就会认为，眼下一定是魔鬼
在折磨那个渎神者沉沦的灵魂，
狂笑着把它拖进漆黑的幽冥。

几个人的声音

他谈论地狱倒是十分内行。
走吧，老头儿! 还是走你的路吧。

教　士

我以救世主神圣的血恳求你们——
他为了我们被钉死在十字架之上：
如果你们希望在天国里面
和你们失去的挚爱的灵魂重逢，
你们就赶快撤去这荒唐的酒宴，
各自回到你们的家里去。

主　席

　　　　　　　　　　我们
家里很凄惨——年轻人喜欢快乐。

教　士

你是不是那个沃尔辛厄姆？
三个礼拜以前你还痛哭着
跪在母亲的尸体前，紧紧抱住她，
在她的坟头上捶胸顿足地号叫？
你是不是以为，她在天上看着
在淫荡的酒宴上饮宴作乐的儿子，
听你在神圣的祈祷和沉重的叹息中
唱着这些疯狂荒唐的歌曲，
她现在已经不再痛苦地哭泣，
她在天上已不再痛苦地哭泣？
跟我走吧！

主　席

为什么你要来这里
打扰我？我不能够我也不应该
跟着你走。是绝望、可怕的回忆、
对自己不合道德行为的认识、
对死亡来临时的一种空虚的恐惧
（这种空虚我在家里已体验到）、
这些疯狂寻欢作乐的新鲜感、
这个酒杯里令人快乐的鸩毒、
这些沉沦然而可爱的人儿的
诸般温存抚爱（愿上帝饶恕我）……
是这些把我羁留在这个地方。
母亲的阴魂不会把我从这里
召唤回去——我听到你召唤我回去的
声音，但是晚了。我承认你要
拯救我的努力……老头儿，一路平安；
可是谁要跟你走，谁就遭诅咒。

众　人

真棒，真棒！[①]这主席当之无愧！
让你的说教见鬼去吧！走！走！

教　士

马蒂尔达纯洁的灵魂在召唤你！

---

① 原文为意大利语。

主　席

（起立）

向上天举起你衰老苍白的手，
向我郑重起誓，永远不再提
那进了棺材、已经消逝的名字！
啊，但愿能遮住这个场面，
不让她那永生的眼睛看见！
从前她认为我纯洁、自尊、豪爽，
在我的怀抱里她体验到天堂的快乐……
我在哪里？尘世的神圣的孩子！
我看见你在那里，我堕落的灵魂
已经无法达到……

女人的声音

　　　　　　他已经发疯了——
他在说胡话，说的是已埋葬的妻子。

教　士

走吧，走吧……

主　席

　　　　　神父，别来打扰我，
看在上帝的分上。

教 士

上帝拯救你，

再见，我的孩子。

（下。宴会继续下去。主席耽入沉思）

女落水鬼[①]

① 俄罗斯民间传说中妇女落水后变成的水妖或水仙，披发，裸身，常诱使男人落水。

第聂伯河岸。磨坊

磨坊主，女儿。

磨坊主

啊，你们这些年轻的姑娘，
你们都很傻。要是碰上一个人，
那么令人倾倒，人品不凡，
你们就应该紧紧把他抓住。
用什么办法？用明智诚实的举止；
忽而正经，忽而温存，诱住他；
有时候可以给他一点暗示，
跟他谈谈结婚的事儿，可是
别忘记守住自己少女的贞操，
那可是无价之宝。常言说得好：
一旦失去，一生一世难找到。
要是已经没有结婚的希望，
那么至少也得减少点损失——
你得为自己捞点好处，或者
为亲人捞点便宜；你心里该明白：
“他可不会一生一世爱着我，

宠着我。”当然不会！有这等好事？
瞧你们想到哪儿去啦！凑巧？
你们马上就会傻了眼；你们
都乐于白白地满足他的欲望；
准备整日价吊在心爱的人儿
脖子上，可是你那亲爱的人儿
眼看着就不知去向，影踪全无；
你们都落得人财两空。真傻！
我跟你们说过都不止一百次：
“唉，姑娘，要当心，可别那么傻，
别错过机会，丢了自己的幸福，
别放走那公爵，可也别糊里糊涂
把自己的清白送掉。”结果怎么样？……
这会儿你只好在这里哭个没完：
失去的再也找不到。

姑　娘

　　　　　　　　啊，凭什么
你以为他现在已经把我甩掉？

磨坊主

什么“凭什么”？以前他每个礼拜
有多少次要来我们的磨坊？
呃？简直是每天，有些时候
一天来两次，后来，来的次数
就越来越少，现在已经九天啦，

我们还没有看见他，这又怎么说？

姑　娘

他很忙，他要操心的事还少吗？
他可不是磨坊主——水可不会
替他干活。他常常这样对我说：
他干的活比别人要繁重得多。

磨坊主

是啊，你就相信他吧。公爵们
什么时候干活，干的什么活？
打狐狸和野兔，饮酒作乐，还有
欺侮邻居，勾引你们傻丫头。
他自己干活，你瞧他有多可怜！
水会替我干活！……可是我日夜
难得一点安宁，你就瞧瞧吧：
一会儿这里，一会儿那里要修理，
这里霉烂，那里在漏水。要是你
能求公爵哪怕给我们几个钱，
让我们翻造一下，那倒好些。

姑　娘

啊！

磨坊主

什么事？

姑　娘

你听！我听到马蹄声，

是他的马……是他，是他！

磨坊主

留心点，姑娘，

别忘记我的劝告，你得记住……

姑　娘

是他，是他！

（公爵上。马夫牵走他的马）

公　爵

好啊，亲爱的姑娘。

好啊，磨坊主。

磨坊主

仁慈的公爵，

衷心欢迎您光临。很久很久

没有看到您那双明亮的慧眼。

让我去给您准备点好酒好菜。

（下）

姑　娘

啊，你终于想起了我这姑娘！

难道你不害臊，折磨我这么久，
让我度日如年，白白地等待？
你让我胡思乱想，什么事没想到？
我想到了多少可怕的事情？
我想到，是不是马儿把你驮到了
泥潭或悬崖深谷，是不是狗熊
在密不透风的森林里把你翻倒，
是不是你病了，是不是你不再爱我——
可是感谢上帝！你还好好的，
还像以前一样一心爱着我；
是不是这样？

公　爵

　　　　　　像以前一样，不，
我的安琪儿，比以前更爱。

姑　娘

　　　　　　　　　　　　可是你
满面愁容，怎么啦？

公　爵

　　　　　　　　我满面愁容？
这是你的感觉。不，只要我
看见你，我总是快快活活。

姑　娘

不。

在你快活的时候，你总是远远地
向我奔来，叫着："我的宝贝在哪里，
她在做什么？"然后就是亲吻，
还要问我："你是不是喜欢我，
你是不是一大早就在等着我？"
可是今天：你默默听着我说，
没有拥抱，也不吻我的双眼，
你定有什么事心神不宁。什么事？
难道说，你今天是在生我的气？

公　爵

是的，我不想装作没事人的样子。
你说得对：我心中怀着难言的
痛苦——可是你并不能用你的
充满情意的抚爱来驱除它，减轻它，
你甚至不能和我分担忧愁。

姑　娘

但是我多么痛苦，竟然不能
和你分担忧愁——把秘密告诉我。
只要你允许，我就陪你哭；不允许，
我决不流下一滴泪，让你生气。

公　爵

为什么我还要拖延？越快越好。
我亲爱的朋友，你知道，在这世界上，
没有永恒的幸福：无论是门第，
无论是容貌，无论是权势和财富，
什么也不能帮你逃脱灾难。
我们也一样，宝贝，是不是这样？
我们有过幸福：至少，因为
有了你，得到过你的爱，我曾很幸福。
无论以后我会发生什么事，
无论我在哪里，我将永远
记住你，我的朋友；我所失去的，
世界上没有什么能够代替它。

姑　娘

你的话我还是一点也听不懂。
可是我害怕。命运在威胁我们，
在为我们安排某一种灾难，
也许要拆散我们。

公　爵

　　　　　　　　你已经猜到了。
命运注定我们要从此分手。

姑　娘

谁要拆散我们？难道不许我

跟随在你的左右，到处去奔波？
我愿意化装成男孩。一片忠心
伺候你，不管是旅途，不管是征途，
或者上战场——我并不怕战争，——
只要能时刻看见你。不，我不信。
你一定是想试探我是否真心，
要不然，就是在和我开个玩笑。

公 爵

不，今天我可没心思和你开玩笑，
我也不需试探你是否真心，
我并非备好行装要去远行，
我也不上战场。我就留在家里，
但是我必须永远和你分手。

姑 娘

对了，现在我完完全全明白了……
你要结婚。

（公爵默认）

你要结婚了！……

公 爵

怎么办？

你自己想想吧。做公爵的都不自由，
和姑娘们一样，他们并非按心意
选择自己的朋友，而是按别人的

盘算，为别人的利益去挑选女伴。
上帝和时间会抚平你的悲哀。
不要忘记我；把这块头巾留作
纪念——来吧，我亲自给你戴上。
我还带来了一串珍珠项链——
你就拿去吧。还有一件事：我曾经
答应过你父亲。请把这礼物交给他。
（把一袋金币交给她）
别了。

姑　娘

等一等；有件事我要告诉你，
可我想不起来啦。

公　爵

你想想。

姑　娘

为了你，
我不惜牺牲……不，不是这件事……
等一等——你当真要永远把我抛弃，
这件事绝对办不到……也不是这件事……
对了！……我想起来了：今天
你的孩子在我的心窝下动了一动。

公　爵

不幸的姑娘！怎么办？哪怕为了他
你也要保重自己；我不会扔下
你的孩子，我也不会扔下你。
过些时候也许我会来这里
看望你们。你要放宽心，莫悲伤。
让我最后一次拥抱你一下。

（边走边说）

啊，了结了——心里好像轻松些。
我本来以为有一场风暴，事情
却进行得那么平静。

（下。姑娘呆呆地站着）

磨坊主

（上）

敢问您能否
赏脸光临磨坊……他在哪儿？
告诉我，公爵在哪儿？哎呀呀，多好看的
一条头巾！全部镶满了宝石！
那么闪着光！还有珍珠！……哎，我说：
这真是皇家的礼物。他是个大恩人！
这又是什么？钱袋！莫不是钱吧？
你还站着干什么？你怎么不回答，
也不说一句话？你是不是因为
喜出望外，高兴得突然发了傻，
要不然，就是变成了呆子？

《女落水鬼》（木刻版画） П. Е. 科维尔兹涅夫 绘　Б. А. 普茨 刻　1874 年

姑　娘

　　　　　　　　　　我不相信，

这不可能。我是这么爱他。

难道他是个禽兽，或者他的心

不是血肉做成？

磨坊主

　　　　　你在说谁？

姑　娘

告诉我，我的亲爹，我怎么会惹他

生这么大的气？难道说，仅仅一礼拜，

我的花容就完全憔悴，或者

有人给他灌了迷魂汤？

磨坊主

　　　　　　　　你怎么啦？

姑　娘

亲爹呀，他走了。瞧，他骑马走了！

可我这傻瓜，竟然就这样放走他，

我没有抓住他的衣襟不放，

我也没有抓住他的马笼头！

就让他向我大发雷霆，抽刀

斩断我的臂膀好了，就让他当时

就打发他的马儿把我踩死好了！

磨坊主

你在说胡话！

姑　娘

　　　　　　你瞧，公爵们不自由，
就像姑娘，他们不能按心意
挑选妻室……可是他们有自由，
可以勾引女人，指天发誓，
边哭边说："我要把你带进
明亮的宫殿，学那金屋藏娇，
让你穿绫罗绸缎、大红的天鹅绒。"
他们有自由教会可怜的姑娘
半夜里听他的口哨立即起床，
陪他在磨坊后边坐到天亮。
他们喜欢拿我们的灾难去抚慰
公爵们的心，然后说一声："再见，
宝贝，你愿上哪儿就上哪儿，
你愿爱谁就爱谁。"

磨坊主

　　　　　　　　原来如此。

姑　娘

告诉我，是谁拆散了我们的姻缘？

瞧我收拾她。我得告诉这恶婆娘，
放下公爵，要知道，一条峡谷里
可容不下两头母狼。

磨坊主

傻瓜！
要是公爵已经选定了新娘，
谁又能够干涉他？就是这样。
我不是早就对你说过……

姑　娘

他竟然
装成个好人，专程来和我告别，
还送给我礼物，瞧他干得多好！
又送钱！想拿这个为自己赎罪，
妄图拿这个来堵住我的嘴巴，
免得他的坏名声传遍天下，
传到他那年轻的妻子耳朵里。
对了，我差一点忘了，他要我
把这袋金币交给你，为的是感谢你
对他殷勤周到，放手让女儿
去和他相好，感谢你没有严格
管束女儿……我的沉沦日后
对你有好处。

（把钱袋交给他）

磨坊主

（落泪）

我竟落到了这种地步！

上帝让我听到了什么！你这样
严厉地责怪亲爹实在是罪过。
我在这世上只有你一个女儿，
你是我的晚年里唯一的安慰。
叫我怎么能够不百般宠爱你？
现在上帝来惩罚我，为的是我没有
负起做爹的责任。

姑　娘

哦，多气闷！

一条冰冷的毒蛇缠住我的脖子……
他用来缠住我的是毒蛇，毒蛇，
可不是项链。

（拉掉珍珠项链）

磨坊主

冷静点。

姑　娘

我也要这样

把你撕得粉碎，你这个恶婆娘，
你拆散我们的姻缘，可恶的贱人！

磨坊主

你在说胡话。

姑　娘

（扯下头巾）

这就是我的花冠，

耻辱的花冠！瞧，在我同以前

所珍爱的一切一刀两断的时候，

狡猾的仇敌拿什么来给我加冕。

我们分手啦。烂掉吧，我的花冠！

（把头巾扔进第聂伯河）

现在一切都了结了。

（投河）

磨坊主

（倒地）

啊，造孽，造孽！

公爵府

（婚礼。一对新人坐在桌后）

宾客。姑娘们合唱。

媒　人

我们在这里举行快乐的婚礼。
你们好啊，公爵和年轻的夫人。
愿上帝让你们过得恩恩爱爱，
我们好经常来这里叨光饮宴。
啊，漂亮的姑娘们，为什么沉默？
啊，白色的小天鹅[①]，为什么不歌唱？
是不是所有的歌儿都唱过了？
是不是你们的嗓子都唱哑了？

合　唱

媒人哪媒人，
糊涂的媒人！

---

① 对姑娘们的爱称。

我们来看新娘子，

却走进了菜园子，

洒了一桶啤酒，

把满园白菜浇透，

向木栅鞠了个躬，

对门柱把祷文敬诵，

门柱啊，小小的门柱，

向我们指指道路，

让我们去看看新妇。

媒人哪，请你猜一猜，

请把钱袋拿出来，

钱币在钱袋里丁当响，

要去找漂亮的姑娘。

媒　人

爱逗笑的姑娘们，你们已唱了一支歌！

拿去吧，拿去吧，请别责备媒人。

（给姑娘们送礼）

一个声音

一条湍急的小河匆匆流过

河底小小的石头和细细的黄沙，

两条小鱼，两条小小的鳊鱼，

两条小鱼在湍急的小河里游戏。

小鱼啊，我的妹妹，你可曾听见

我们这条小河里发生的故事？

有一天傍晚美丽的姑娘投河了，
她边下沉边把意中人诅咒。

媒　人

漂亮的姑娘们，这算什么歌曲啊？
这歌可不是婚礼上唱的呀；不。
是谁挑选了这支歌？啊？

姑娘们

不是我——
不是我，不是我们。

媒　人

是谁唱的？
（姑娘们窃窃私议，神色慌张）

公　爵

我知道是谁唱的。
（从桌旁站起来，悄悄对马夫说）
她悄悄进来了，
赶快把她带出去，还要查一查，
是谁胆敢把她放进来。
（马夫向姑娘们走去）

公　爵

（坐下，自言自语）

她大概
想在这里掀起一场波澜，
让我羞得无地自容，不知道
藏到哪里是好。

马　夫

我没有找到她。

公　爵

去找。我知道，她在这里。这歌
就是她唱的。

宾　客

这蜜酒真是不错！
又冲击着我们的头脑，又冲击着双腿，
可惜好苦啊，要是甜点就好啦。
（新婚夫妇接吻。响起微弱的叫声）

公　爵

是她！是她在嫉妒地叫喊。
（对马夫）
怎么样？

马　夫

什么地方都没有找到。

公　爵

笨蛋。

伴　郎

（立起）

到时候了，让我们把新娘交给新郎，
在门坎上给新婚夫妇撒上啤酒花。

（众起立）

媒　婆

不错，时候到了，快端上公鸡。

（给新婚夫妇吃烤公鸡，
接着给他们撒啤酒花，送入洞房）

媒　婆

公爵夫人，好宝贝，别哭，别害怕，
好歹顺着他。

（新婚夫妇入洞房，
除媒婆、伴郎外，宾客皆散去）

伴　郎

酒杯在哪里？我要
整夜骑马在窗口下走来走去，
免不了要喝杯啤酒壮壮胆子。

媒　婆

（给他斟酒）

喏，祝你健康。

伴　郎

　　噢，谢谢。

一切都进行得非常圆满，是不是？

这婚礼没的说了。

媒　婆

　　　　是啊，感谢上帝。

一切都很好，就是有一样不好。

伴　郎

什么？

媒　婆

　　　　那支歌可不是个好兆头，

不是婚礼上唱的歌，天知道是什么歌。

伴　郎

唉，这些姑娘——不叫她们胡闹

实在万难办到。怎么能这样做？

故意捣乱我们公爵的婚礼。

这会儿我得骑上马到处去走走。

再见，亲家。

（下）

媒 婆

啊，我心乱如麻！

这个婚礼选的不是好日子。

上　房

公爵夫人和保姆

公爵夫人

听，好像在吹号；不，他不去。
啊，妈妈，还没有完婚的时候，
他可是紧紧守着我，寸步不离，
那样瞧着我，简直是目不转睛。
后来成了亲，一切就都变了样。
如今他一大清早就把我唤醒，
立即就吩咐备马，他要出门；
天才知道入夜前他去了哪里；
等到他回家，对我随随便便
说句亲切的话，伸出他的手，
在我苍白的脸上亲切地拍拍。

保　姆

公爵夫人，男人就像只公鸡：
喔喔喔！拍拍翅膀就飞走了。
而女人，就像只可怜的抱卵母鸡：

整日价蹲在那里孵孵鸡仔。
成亲以前，他陪着你还嫌不够，
不吃也不喝，看啊，看你看不够。
到了成亲以后，操心的事就多了。
他得去拜访拜访四周邻居，
他得带上老鹰去打猎消遣，
有时候鬼使神差叫他去打仗，
这里，那里，就是家里坐不住。

公爵夫人

不知你是怎么想？难道他暗地里
就没有个相好？

保　姆

别说了，这岂不罪过：
他不要你，还能去找谁呀？
你样样都好，看不够的花容月貌，
举止优雅，聪明伶俐。你想想：
像你这样的宝贝，他能找到谁
和你相比？

公爵夫人

什么时候上帝能听到我的祈祷，
赐给我几个孩子！到那时我就会
让丈夫重新眷恋我，守在我身旁……
啊，院子里来了一大批猎人，
丈夫回来了。怎么没有看见他？

（一猎人上）

公爵呢，他在哪里？

猎　人

公爵吩咐

我们先回家。

公爵夫人

他在哪里？

猎　人

他一人

留在第聂伯河岸上的大树林里。

公爵夫人

你们竟敢把公爵单独一人

留在那里；真是些殷勤的仆人！

马上回去，立刻飞马去找他！

就对他说，是我派你们去找他。

（猎人下）

啊，我的上帝！在大树林里

有野兽出没，还有剪径的强盗，

到处是林妖——恐怕是凶多吉少。

赶快给我在神像前点上蜡烛。

保　姆

我就去，宝贝，我就去……

第聂伯河。夜

众女落水鬼

我们快乐的一群，
在这夜晚时分，
从河底浮上水面，
在月光底下取暖。
我们喜欢在夜里，
离开深深的河底，
喜欢用自由的头颅
划破平静的河面，
彼此呼叫应对，
冲破轰响的空气，
还把潮湿的绿头发
抖抖开，在空气里晾干。

一个女落水鬼

安静些，安静些！树丛里
黑暗中藏着个什么。

另一个

在月亮和我们当中
有个人在地面行走。

（众皆隐去）

公　爵

多么熟悉多么凄凉的地方！
这里的一草一木我都会认出——
这是磨坊！它已经倾圮倒塌；
水轮欢快的转动声已经静息；
磨盘不转了，看样子老头也死了。
他为可怜的女儿没痛哭多久。
一条蜿蜒的小路已野草丛生，
好久好久没有人来过这里；
这里有座小花园，围着篱笆，
难道就这样长满野草藤蔓？
啊，这是那值得纪念的橡树，
她在这里拥抱我，低着头，默默……
可能吗？……

（向树木走去，树叶纷纷落下）

这是什么预兆？树叶
凋萎，忽然间旋转着，像灰烬一样
沙沙响着撒落在我的头上。
它在我面前，光秃秃，黑不溜秋，
像一棵中了魔法的树。

（衣衫褴褛的老头上）

老　头

你好啊，
你好啊，女婿。

公　爵

你是谁？

老　头

我是只乌鸦。

公　爵

哪能啊，这是磨坊主。

老　头

什么磨坊主！
我把磨坊卖给了炉子旁的魔鬼，
把钱交给我的女儿保管，
她是女落水鬼，能预言吉凶。
那些钱就藏在第聂伯河的沙滩上，
有一条独眼的鱼儿把它看管。

公　爵

真不幸，他疯了。他的思想完全
狂乱，就像暴风雨后的残云。

老　头

昨晚你为什么不来做客？
我们摆酒席，久久把你等待。

公　爵

谁把我等待？

老　头

谁等待？自然是女儿。
你知道，对一切我都会睁只眼闭只眼，
让你们自由自在：哪怕让她
和你坐个通宵，直到鸡叫，
我不会多说一句话。

公　爵

可怜的磨坊主！

老　头

人家会对你说，我算什么磨坊主，
我是只乌鸦，不是磨坊主。真奇怪：
你还记得吗？当时她投河自尽，
我跟在她后面跑上那座悬崖，
想从那里跳进江河，突然，
我感觉到从我的两腋底下
长出了两只坚实有力的翅膀，
我便在空中停住。从那时候起，

我一会儿飞到东，一会儿飞到西，
吃吃死牛肉，或者飞到坟墓上，
停在那里呱呱叫。

公　爵

多么可怜!
有谁来照料你?

老　头

是的，有人照管我，
这可不是坏事。我已经老了，
还喜欢开玩笑。谢谢你，照管我的是
小女落水鬼。

公　爵

谁?

老　头

外孙女。

公　爵

他的话，
我听不明白。老人家，在这里树林里
你会饿死，或许有野兽吃了你。
你愿意不愿意随我回到公爵府，
和我住在一起?

老　头

公爵府？不，谢谢！
你在引诱我，然后说不定哪一天
拿条项链勒死我。我住在这里，
自由而温饱。我不去你的公爵府。

（下）

公　爵

这都是我的过错！人一发疯
就多么可怕。还不如一死了事。
我们望着死人总怀着敬意，
常常为他祈祷。死亡使得
每个人都平等。可是一个人一旦
发了疯，他便不再成为一个人。
他枉然具有说话的能力，可是
管不住自己的话。野兽可以
认他做兄弟，而人们却要嘲笑他，
对他为所欲为，上帝并不加
审判。不幸的老头，他的可怜相
使我心中充满后悔的痛苦。

猎　人

他在这里。好容易才把他找到！

公　爵

你们干吗来这里？

猎　人

　　　　　　夫人叫我们来。

她在为你担心。

公　爵

　　　　　　她的关心

真叫人难以忍受！我不是个孩子，

难道一步都不能离开保姆？

（下。水面出现一群女落水鬼）

众女落水鬼

怎么样，姊妹们？在这旷野上

难道不能很快把他们赶上？

用泼水声、笑声和唿哨声

不能让他们的马惊慌？

天色不早。树林里黑下来了，

深深的河水越来越凉，

村庄里，公鸡已在报晓，

月亮也已经落下山冈。

一个女落水鬼

姊妹们，我们再等一等。

另一个

不，时候到了，时候到了。
我们那严厉的姐姐——
女皇在等候我们。

（众皆隐去）

第聂伯河河底。女落水鬼宫

（一群女落水鬼在女皇旁纺纱）

年长的女落水鬼

姊妹们，别再纺纱了。太阳已下山。
月亮在头顶放射着银光。休息吧，
你们浮上去，到天空底下玩玩，
今天可不要触动任何一个人，
不要往行人的胳肢窝上挠痒痒，
不要用水草和水藻塞进打鱼人的
鱼网，也不要对小孩讲鱼儿的故事，
引诱他们落入冰凉的河水里。

（女儿——小女落水鬼上）

你刚才在哪里？

女　儿

我游出水面到岸上
找外公。他总是要我在河底里
替他找出当年他扔进河里
给我们用的那些散开的钱币。

我在河底里找了好久好久；
可是什么叫钱币，我一点也不懂。
不过我给他带去好大的一把
色彩艳丽闪闪发光的贝壳。
他看见贝壳很高兴。

女落水鬼

发疯的守财奴！
告诉你，女儿。今天我有一件事
要你去办。在我们这边河岸上
会来个男人，你要好好地看住他，
向他走去。他是我们的亲人，
他是你父亲。

女　儿

就是那个抛弃你
又去娶别的女人的负心男人吗？

女落水鬼

就是他。你要温柔地依偎在他身上，
把从我这里听到的有关你的身世
和我的遭遇详详细细告诉他。
如果他向你询问我的情况，
问你我是不是忘了他，你就说，
一切我都铭记在心，我爱他，
一直在等他。你懂我的意思吗？

女　儿

啊，我懂。

女落水鬼

你去吧。

（自白）

自从那时候，

我这个被人遗弃的绝望的姑娘
丧魂落魄地投河自尽，到了
深深的第聂伯河河底，发觉
自己变成冰冷强壮的女落水鬼，
我每天都在琢磨复仇的事情，
如今，复仇的时刻似乎来临了。

河　岸

公　爵

一股不可知的力量不知不觉
把我引到了这个凄凉的河岸。
这里的一切都让我想起往事、
我那自由自在的绚丽青春
时代发生的珍爱而悲惨的故事。
在这里我有过一回爱情的经历，
那是一次自由而热烈的恋爱；
我是那么幸福、痴迷！……可是我
却那么轻率地舍弃了我的幸福。
昨天我和那老头的邂逅不由得
勾起了我那悲惨的、悲惨的幻梦。
一个不幸的父亲！那样子多可怕。
或许今天我会再次遇见他，
或许他会同意离开这树林，
住到我的家里去……

（小女落水鬼爬上河岸）

我看见了什么！

你从哪里来，可爱的孩子？

骑士时代的几场戏

马　丁

你听好，弗朗茨，我作为父亲，这是最后一次对你说：对于你的胡作非为，我已经忍受很久了，现在我不想再容忍下去。你要痛改前非，否则不会有好结果。

弗朗茨

怎么回事，爹爹，你为什么生我的气？我可没有做什么呀。

马　丁

"没有做什么"！无所事事，这就更坏。你是个懒汉，白吃粮食，还游手好闲。你在指望什么？指望继承我的财产？难道我抄着手，胡乱编些曲子就能发大财？我才过十四岁，先父就交给我两个克里泽①，往我屁股上踢两脚，说："马丁，走吧，自己养活自己去，没有你，我的负担也够重的了。"从此我们就没有再见过面。荣耀归于上帝，我自己挣来了房子、金钱和名誉，我靠的是什么？省吃俭用、忍气吞声、吃苦耐劳。我现在已经

① 旧德国辅币，先为银质，后为铜质，在德国等于六十分之一盾，在奥匈帝国等于百分之一盾。

年过半百，该是歇口气、把账本和全家交给你的时候啦，可我能这样想吗？我能信赖你吗？你只会跟那些老爷吃喝玩乐，而他们又瞧不起我们，老是赊欠货款。我明白你的心思，你对自己的身份感到害臊。可是我要告诉你，弗朗茨，要是你再不改弦易辙，不离开那些贵族，不好好干事，那么，上帝可以作证，我将把你赶出家门，让我的徒弟卡尔·赫尔茨做我的继承人。

弗朗茨

悉听尊便，爹爹；你想怎么办就怎么办。

马　丁

说得好，你等着瞧吧……

（兄弟贝尔托尔德上）

马　丁

又来一个胡闹的家伙。你有何贵干？

贝尔托尔德

你好，邻居。我有事找你。

马　丁

有事找我！又是要钱？

贝尔托尔德

不错……你能借一百五十盾[1]给我吗？

---

① 德国旧时的金币或银币。

马　丁

这怎么行，我哪儿有钱？我这儿可不是金库。

贝尔托尔德

你就别小气啦。你也明白，这些钱不会落空的。

马　丁

怎么不会落空？我借给你的钱还少吗？你都花到哪儿去啦？

贝尔托尔德

都用到正道上去了。但现在我是最后一次求你了。

马　丁

最后一次，最后一次，我可不是第一次听到这句话了。

贝尔托尔德

不，这是真的。我上一次试验因为出了一点小毛病没有成功，这一次我都仔细计算过了，我的试验不会不成功。

马　丁

唉！贝尔托尔德神父！要是你不把经手的钱大把大把扔进炼金炉里，你早就成富翁了。你向我保证过，说会得到大量财宝，可自己却来向我求乞。你究竟搞的什么鬼？

贝尔托尔德

我不需要金子，我只寻求真理。

马　丁

真理有鬼用，我要的是金子。

贝尔托尔德

这么说，你还是不相信我啰？

马　丁

我不能也不愿相信你。

贝尔托尔德

那就再见吧，邻居。

马　丁

再见。

贝尔托尔德

我去找劳尔男爵，也许他肯借钱给我。

马　丁

劳尔男爵？他打哪儿去弄钱？他手下的小地主都破产了。荣耀归于上帝，眼下在大路上剪径可不那么容易发财啰。

贝尔托尔德

我想他有钱，因为公爵要搞骑士比武，男爵要去参加。再见。

马　丁

你以为，他会借钱给你吗？

贝尔托尔德

也许他会借的吧。

马　丁

你就把这些钱用来做最后一次试验？

贝尔托尔德

当然。

马　丁

要是试验又不成功呢？

贝尔托尔德

没有办法。要是这次试验再不成功，那么所谓炼金术就是一派胡言。

马　丁

要是成功呢？

贝尔托尔德

那时……我就把向你借的钱全部奉还，还付给你丰厚的利息，并向你表示感谢，对劳尔男爵则公开我的全部秘密。

马　丁

为什么向男爵而不是向我公开秘密？

贝尔托尔德

我本来会乐意向你公开秘密，但我不能。你知道，我向至圣的圣母许过愿，要跟在最后一次决定性的试验中帮助我的人分享秘密。

马　丁

唉，贝尔托尔德神父，看来，就是倾家荡产你也心甘情愿！你到哪里去？且慢！就这么办吧。这一次我再借钱给你。上帝与你同在！不过，你得守信用，这是最后一次决定性的试验。

贝尔托尔德

别担心，我不会有下一次了……

马　丁

你在这里等一等；我这就去给你拿——你说要多少？

贝尔托尔德

一百五十盾。

马　丁

一百五十盾……我的上帝，还是在这艰难的年代！

贝尔托尔德和弗朗茨

贝尔托尔德

你好，弗朗茨，你为什么忧思忡忡？

弗朗茨

我怎么能不忧思忡忡？刚才父亲还威胁我要把我赶出家门，剥夺我的继承权。

贝尔托尔德

为什么？

弗朗茨

因为我和骑士交往。

贝尔托尔德

他不全对，也不全错。

弗朗茨

难道市民就不配和贵族呼吸同样的空气？难道我们不都是亚当的子孙？

贝尔托尔德

不错，不错！可是你看，弗朗茨，这种事由来已久，该隐和亚伯[①]也是同胞兄弟，可该隐却不能和亚伯呼吸同样的空气——他们在上帝面前也不平等。在人类的第一个家庭里就存在着不平等和嫉妒。

弗朗茨

我不喜欢自己的身份，我认为名誉重于金钱，难道这是我的错？

贝尔托尔德

任何社会阶层都有自己的尊严和利益。贵族会打仗和摆架子。市民会劳动和赚钱。贵族由于塔楼的栅栏而受尊敬，商人则拥有自己的店铺……可是他在骑士比武场上却受人耻笑。

（马丁上）

马　丁

给你一百五十盾——你可要记住，我借钱给你，这是最后一次了。

---

① 《圣经》传说：该隐和亚伯都是亚当和夏娃的儿子。该隐种地，亚伯牧羊。因耶和华（上帝）看中了亚伯和他的供物，而看不中该隐和他的供物，该隐为此嫉妒，杀死了弟弟亚伯。

贝尔托尔德

感谢你，非常感谢。你等着瞧，你不会后悔的。

马　丁

且慢！告诉我，要是你的试验成功了，你就有使不完的金子和荣誉，那么你是不是就心满意足了呢？

贝尔托尔德

我还要进行一项研究：我觉得我能揭示 perpetuum mobile 的原理……

马　丁

Perpetuum mobile 是什么？

贝尔托尔德

Perpetuum mobile 就是“永恒运动”。要是我能发现永恒运动，那么就可以证明人类的创造力是没有止境的……你看到吗，我的好马丁：炼出金子是一项颇为诱人的研究项目，这发现也许很有趣，可是，揭示 perpetuum mobile……啊！……

马　丁

让你的 perpetuum mobile 见鬼去吧……上帝作证：贝尔托尔德神父，你真叫人受不了。你要钱干正事，嘴里却尽在胡诌。真是痴人说梦，你这胡闹的家伙！

贝尔托尔德

这家伙唠叨个没完!

(各自朝不同方向下)

弗朗茨

我这身份真是要命! 我父亲那么有钱, 可跟我无关! 贵族除了一把有缺口的剑和一面锈迹斑斑的盾, 什么也没有, 却比我父亲幸福、受人尊敬。我父亲看见贵族就脱帽致敬, 可贵族却瞧都不瞧他一眼。——金钱! 因为他的钱来之不易, 因此他就认为金钱万能。哪有这种事! 它要是万能, 那就让他带我到男爵的城堡里试试! 金钱! 骑士不需要金钱, 只有市民才需要, 因此就拼命榨取, 不惜为金钱流血! ……我这身份真要命! 我还不如一个末代行吟诗人: 城堡里至少还会接待他……贵夫人会听他唱歌, 替他斟酒, 亲手端给他……

商人则坐在账册跟前, 算啊算啊, 对着随便哪个顾客鞠躬行礼, 耍尽花招: "苍天在上, 先生, 没有比这更好的货色了, 可这么便宜的价钱, 你在哪儿也找不到。" "你尽在骗人, 犹太鬼。" "绝不, 我以名誉担保。" ……名誉! ……好一个名誉! 可骑士呢——他自由得像一头鹰……他从来也不伏在算盘上, 总是昂首阔步, 一说话, 人家都相信……

难道这也算生活? 让它见鬼去吧! 我还不如做一名行吟诗人。

可修道士会怎么说呢? 某某地方要举行骑士比武, 男爵要去赴会——啊, 我的上帝! 克洛蒂尔达也会在那里。女士们围坐在四周, 为自己的骑士提心吊胆, 号角吹响, 承宣官出场, 骑士们绕场一周, 在自己美人的看台前垂下长矛……号角再次吹响，骑士们散开，然后捉对儿厮杀，女士们惊叫……我的上帝！我从来也没有在比武场上扬鞭跃马，承宣官从来也没有叫过我的姓名，我这可鄙的市民的姓名，克洛蒂尔达也从来没有为我惊叫过……

金钱！假如他知道骑士们如何轻视我们，尽管对我们的金钱……

阿尔贝

啊！这是弗朗茨，你在对谁嚷嚷？

弗朗茨

啊，先生，您听到我的话……我在自怨自艾……

阿尔贝

你在自怨自艾些什么？

弗朗茨

我在想，我怎样才能参加骑士比武。

阿尔贝

你想参加骑士比武？

弗朗茨

正是。

阿尔贝

那太简单了：我的马夫死了，你想接替他吗？

弗朗茨

真的？你那可怜的雅各死了？他是怎么死的？

阿尔贝

上帝可以作证：我不知道，礼拜五他还好好的，晚上我回来得很晚（我在雷蒙家做客，喝得有点醉意），雅各对我说了些什么……我勃然大怒，揍了他一下，我记得，打在脸上，也许是打在太阳穴上，不，是打在脸上，雅各倒了下去，没有再站起来，我和衣睡下，第二天我才知道，我那可怜的雅各——一命归阴了。

弗朗茨

唉，骑士！明摆着，您这一下耳光打得太重了。

阿尔贝

我手上套着铁手套。怎么样，你愿意做我的马弁吗？

弗朗茨

（搔搔头皮）

做您的马弁？

阿尔贝

你干吗搔头皮？答应吧。我带你去参加骑士比武，你就住在我的城堡里。给我这样的骑士做护兵，可不是闹着玩的。这就是一个等级。说不定慢慢就可以把你晋升为骑士，许多人都是这样开头的。

弗朗茨

可我父亲会怎么说？

阿尔贝

你的事跟他有什么相干？

弗朗茨

他要剥夺我的继承权……

阿尔贝

你嗤之以鼻，这样就会轻松些。

弗朗茨

我就住到您的城堡里去？……

阿尔贝

这还用说。怎么样，答应啦？

弗朗茨

您会打我耳光吗？

阿尔贝

不会，不会，别担心；万一发生这种事，那又有什么了不起？不是所有的马弁都会被打死的。

弗朗茨

倒也说得对：要是发生这种事，那就让我们瞧瞧，到底谁打得过谁……

阿尔贝

什么？你说什么，我不明白你的话。

弗朗茨

我是在自言自语。

阿尔贝

那么，怎么样——答应吧……

弗朗茨

好吧，我答应。

阿尔贝

没有什么好犹豫的。带上马到我那里去吧。

贝尔塔和克洛蒂尔达

克洛蒂尔达

贝尔塔，跟我谈点什么吧，我闷得慌。

贝尔塔

我跟你谈些什么好呢？谈谈我们的骑士好吗？

克洛蒂尔达

谈哪一个骑士？

贝尔塔

就谈谈在比武场上获胜的那一个。

克洛蒂尔达

谈罗滕菲尔德伯爵。不，我不想谈他。我们回来都两个礼拜了，他想都没想来看看我们，他这样做是失礼的。

贝尔塔

您别急，我相信他明天就会来的……

克洛蒂尔达

你为什么这样想？

贝尔塔

因为我梦见他了。

克洛蒂尔达

我的上帝！这毫无意义，我每天都梦见他。

贝尔塔

这完全是另一回事——您爱上他了。

克洛蒂尔达

我爱上他了！我请你别胡言乱语……再说，罗滕菲尔德伯爵的事也没有什么好谈的。还是跟我谈谈别人吧。

贝尔塔

谈谁呢？谈你哥哥的马弁弗朗茨吧？

克洛蒂尔达

好吧，就跟我谈谈弗朗茨吧。

贝尔塔

小姐，您可知道，他爱您爱得发狂。

克洛蒂尔达

弗朗茨爱我爱得发狂？谁跟你说的？

贝尔塔

谁也没有跟我说，是我自己看出来的。您要上马，他就给您扶住马镫；在桌旁伺候的时候，除了您，他谁也不瞧一眼；要是您掉了手帕，他看都没有看我们，就抢先捡起来……

克洛蒂尔达

要么你是个傻瓜，要么弗朗茨是个色胆包天的畜生……

（阿尔贝、罗滕菲尔德和弗朗茨上）

阿尔贝

妹妹，我来给你介绍你的骑士，伯爵来我们城堡做客了。

伯　爵

高贵的姑娘，请允许您这不相称的骑士再次亲吻您那美艳的玉手，从这只手里我曾得到过最珍贵的奖赏……

克洛蒂尔达

伯爵，能够荣幸地在舍下接待您，我感到非常高兴……哥哥，我在北塔恭候你们……

（下）

伯　爵

她真是美如天仙！

阿尔贝

她是个极好的姑娘。伯爵，您怎么不宽衣？您的侍仆在哪里？弗朗茨，给伯爵脱靴。（弗朗茨迟疑着）弗朗茨，你聋了？

弗朗茨

我可不是全世界的奴才，要给每个人脱靴……

伯　爵

嘀，好大胆！

阿尔贝

你这个流氓！（挥手）我要把你赶出去！

弗朗茨

我早想离开城堡了。

阿尔贝

乡巴佬，下流东西！请原谅，伯爵，我来收拾他……滚！（往他背上推了一把）你给我滚得远远的。

伯　爵

您别碰这个笨蛋，说实在，不值得……

克洛蒂尔达

哥哥，我求你一件事。

阿尔贝

你有什么事？

克洛蒂尔达

你把弗朗茨这个马弁赶走吧，他胆敢对我无礼……

阿尔贝

怎么！对你？……可惜我已经把他赶走了；本来他不会这么快离开我的。他对你怎么啦？

克洛蒂尔达

没什么。如果你已经把他赶走，那就没有什么可说的了。告诉我，伯爵要在我们这里待很久吗？

阿尔贝

妹妹，我想这件事取决于你。你为什么脸红？……

克洛蒂尔达

你老是取笑我……他并没有这样想……

阿尔贝

没有想，那想什么？

克洛蒂尔达

嘿，哥哥，你真坏！我是说，伯爵并没有想到我……

阿尔贝

让我们瞧瞧，让我们瞧瞧——事情会怎么样，就会怎么样。

弗朗茨

瞧，这儿是我的家……我干吗为了那高傲的城堡离开它呢？在这里我是主人，在那里我是奴仆……何苦呢？……为了一个蛮横无理的贵族女子的轻蔑目光。我受尽了侮辱，我自己都觉得自己下贱，我做了朋友的奴仆，我习惯了忍受那愚蠢、受到骄纵的花花公子的随意欺侮……我什么也没有看到……我不愿受父亲约束，却去让别人任意摆布……结果怎么样？——上帝啊……血涌到我脸上，我攥紧拳头……啊，我要报仇，报仇……

不知道父亲会怎么对待我！

（敲门）

卡　尔

（上）

谁在这么使劲敲门哪？——啊，弗朗茨，是你！（自言自语）是鬼把他送来的。

弗朗茨

你好，卡尔；我父亲在家吗？

卡　尔

哦，弗朗茨——你好久没有来了……你父亲去世有一个月了。

弗朗茨

我的上帝！你在说什么？……我父亲死了！……这不可能！

卡　尔

这是真的，我们都把他埋葬了。

弗朗茨

可怜，可怜的老人！……我都不知道他生病了！说不定他是因为过分伤心而死的——他爱我；他是个很有感情的人。卡尔，你怎么没有叫人来找我！他会给我祝福的……

卡　尔

他生伙计的气，一口气喝了三瓶啤酒就死了。他就是这样死的。你知道吗，弗朗茨？他剥夺了你的继承权，把所有的财产都送给了……

弗朗茨

谁？

卡　尔

我不敢对你说——你的脾气太暴躁……

弗朗茨

我知道，送给你了……

卡　尔

上帝作证：不是我的错。我本想全部交给你的……因为，你也知道，虽然法律对我有利——可是，我凭良心觉得，毕竟儿子才是父亲的继承人，而不是徒弟……可是，你看，弗朗茨……我等着你，可你没有来，我便成了亲……这会儿，我已经是个有家室的人了，不知道该怎么办……

弗朗茨

你就掌管我的遗产吧，卡尔，我不会向你要的。你娶了谁啦?

卡　尔

我的好弗朗茨，我娶了尤丽叶·菲尔斯特，我们的邻居约翰·菲尔斯特的女儿……我叫她出来见见你。你要是想留下，我这里还有空屋……

弗朗茨

不，谢谢你，卡尔。请你向尤丽叶致意，把这条银项链交给她，让她做个纪念……

卡　尔

好弗朗茨！在我们这儿吃饭吧，我们刚坐下……

弗朗茨

不，我有事……

卡　尔

你要到哪里去?

弗朗茨

我自己也不知道——再见。

卡　尔

再见，上帝保佑你。（弗朗茨下）他是个多么好的小伙子，可惜他不务正业！好啦，现在我可以放心啦：既不会打官司，也不必多操心。

一群农民

（手执镰刀和木棍）

弗朗茨

他们将经过这片草地，当心点，别害怕；你们只管割草，让他们尽量靠近些，骑士们会向你们吆喝，向你们冲过来，那时你们就挥起镰刀，砍他们的马脚，我们也从树林里向他们冲击……瞧！他们来了。

（弗朗茨和一部分农民躲进树林）

众割草人

（唱）

镰刀在草地上横扫，
绿油油的青草
　　跟着一片片倒下。
　啊，前进吧，我的镰刀。
　　我们心里乐开了花。

（几个骑士上，其中有阿尔贝和罗滕菲尔德）

众骑士

喂，你们快从路上滚开！

（众农民脱帽致敬，但不让路）

阿尔贝

听着，快滚开！……这是怎么回事，罗滕菲尔德？他们都不肯让开。

罗滕菲尔德

我们就快马加鞭，狠狠地踩死他们。

众割草人

弟兄们，别害怕……

（几匹受伤的马连同骑者倒地，
其余的马匹狂奔着）

弗朗茨

（从埋伏处冲出）

前进，弟兄们！冲啊……

一骑士

（对另一骑士）

糟了，兄弟，他们有一百多人……

另一骑士

没关系，我们还有五个人骑着马……

众骑士

狗强盗，给你们点厉害瞧瞧！

众农民

冲啊！

（短兵相接，骑士一个个倒下）

众农民

（用木棍、镰刀打击他们）

我们胜利啦！你们这些吸血鬼！强盗！可恶的老爷！现在你们落在我们的手里了……

弗朗茨

他们当中哪一个是罗滕菲尔德？弟兄们！掀起脸甲，——阿尔贝在哪里？

（驰来另一群骑士）

一骑士

诸位！你们瞧，这是怎么一回事？这是在打仗……

另一骑士

这是造反——下贱的百姓在打骑士……

众骑士

诸位，诸位！……举起长矛！……快马前进！……

（刚来的骑士向农民进攻）

众农民

糟了！糟了！这是骑士……

（四散逃窜）

弗朗茨

你们往哪里去！回头看看吧，他们还不到十个人！……

（受伤，一骑士抓住他的衣领）

一骑士

且慢，老弟……来得及教训他们的。

另一骑士

这些下流的畜生竟能打败高贵的骑士！你们瞧，一个，两个，三个……九个骑士被打死了。真可怕。

（倒下的骑士一个个站起来）

众骑士

怎么！你们还活着？

阿尔贝

多亏这些铁甲……（众笑）好啊！弗朗茨，这是你吗？好朋友！看见你，真高兴……各位骑士！多谢你们仗义相助。

一骑士

不足挂齿，处在我们的地位，你们也会这样做的。

罗滕菲尔德

我斗胆恭请诸位到我的城堡里小住三天，战斗之后稍事休息，并友好畅饮一番，不知能否赏脸？……

一骑士

很抱歉，这一次我们不能领受您的盛情款待了。我们正赶着去参加埃尔斯贝格亲王的葬礼——我们怕赶不上……

罗滕菲尔德

至少也请赏光到舍下吃顿晚饭。

一骑士

非常高兴。但您没有马，请骑在我的马上，我坐在您后面，像个被解救的美人。（两人骑上马）而这个小子，得把他绞死在第一个绞架上……诸位，请帮忙把他捆起来，拖在我的马尾巴后面……

罗滕菲尔德的城堡

（骑士们晚餐）

一骑士

好酒！

罗滕菲尔德

这酒有一百多年了……我的曾祖父把它放进酒窖，便动身去巴勒斯坦，后来便留在那里。为了这次远征，他付出了两座城堡和罗滕菲尔德森林的代价，这片森林他非常便宜地卖给了一位主教。

一骑士

好酒！为高贵的主人的健康干杯！……

众骑士

为美丽而高贵的女主人的健康干杯！……

克洛蒂尔达

谢谢诸位骑士……为你们的夫人的健康干杯……

（干杯）

罗滕菲尔德

为我们的救命恩人的健康干杯！

众骑士

为我们的救命恩人的健康干杯！

一骑士

罗滕菲尔德！您的宴会非常美妙，可是美中不足……

罗滕菲尔德

我知道，没有塞浦路斯葡萄酒，有什么办法呢？上礼拜全用光了。

一骑士

不，不是塞浦路斯葡萄酒，是游唱歌手的歌……

罗滕菲尔德

不错，不错……附近有没有游唱歌手，到客栈里去找找……

阿尔贝

还有什么更合适的？弗朗茨还没有绞死——叫他到这儿来。

罗滕菲尔德

对啊，叫弗朗茨到这儿来。

一骑士

弗朗茨是谁？

罗滕菲尔德

就是您今天俘虏的那个无赖。

一骑士

这么说，他是个游唱歌手？

阿尔贝

哦，诸位请便。他来了。

罗滕菲尔德

弗朗茨！骑士们想听听你唱歌，如果你还没有吓得魂飞魄散，还能唱歌的话，你就唱吧。

弗朗茨

我怕什么？我给你们唱支自己编的歌。我的嗓子不会发抖，舌头不会瘫软。

罗滕菲尔德

我们等着瞧吧，我们等着瞧吧。那么，唱吧……

弗朗茨

（唱）

从前有个贫穷的骑士，
他沉默寡言，生来平常，

脸色阴沉，苍白得可怜，
生性却异常勇敢刚强。

有一天他做了个难忘的梦，
他至今不明白其中奥妙，
那深深留在脑中的梦境
已铭刻在心，他时刻记牢。

从那时起，他心如死灰，
对女人再也不看一眼，
到死为止他都不愿意
和哪个女人把话儿谈谈。

他挂上一串长长的念珠，
而把长围巾从此解去，
他那脸上钢铁的脸甲
从来不对任何人掀起。

他心中充满圣洁的爱情，
对甜蜜的梦幻忠贞不渝，
他在盾牌上还用鲜血
写下 A.M.D.[①]三个大字。

在巴勒斯坦的茫茫旷野上，

---

① 拉丁文 Ave Mater Dei 的头三个字母，意为“荣耀归于你，圣母！”

骑士们在高高的悬崖上奔驰，
他们英勇地投入战斗，
口中高喊女士的名字。

“天上的光，神圣的玫瑰！”①
他野气十足地热烈高喊，
他的喊声像一声巨雷，
让异教徒一个个心惊胆战。

回到自己遥远的城堡，
他蛰居在家，足不出户，
凄凄切切，一声不吭，
终于疯子般溘然病故。

（众皆感叹）

众骑士

唱得好极了，只是太伤感。有没有快活些的？

弗朗茨

有快活些的，请听。

罗滕菲尔德

我喜欢不让人感伤的歌！喏，赏你一杯酒。

---

① 原文为拉丁语。

弗朗茨

一个磨坊主夜晚回了家……
“婆娘欸！这是谁的靴子呀？”
“啊，你这游手好闲的酒鬼，
你在哪儿看见靴子啦？
是鬼迷了心窍还是怎么的？
这是两只桶。”“两只桶，真的吗？
我今年整整活到四十岁，
无论在梦中，还是在白日，
至今我还没有看见过
木桶上装着一副铜马刺。”

众骑士

唱得好极了！一支出色的歌！好一个游唱歌手！

罗滕菲尔德

我反正要把你绞死。

众骑士

这还用说，唱歌归唱歌，绞索归绞索。两不相干。

克洛蒂尔达

诸位骑士！我有一事相求，请你们答应绝不拒绝。

一骑士

请问有什么吩咐？

另一骑士

我们一定遵从吩咐。

克洛蒂尔达

不能饶恕这个可怜人吗？……他受了伤，还听说要把他绞死，已经受够惩罚了。

罗滕菲尔德

饶恕他！……你们不了解这些下贱的百姓。要是不好好警戒他们一下，还宽恕了他们的领头人，那他们明天又会造反的……

克洛蒂尔达

不，我替弗朗茨担保。弗朗茨！要是饶恕了你，你就不再造反了，对吗？

弗朗茨

（不知所措）

夫人……夫人……

一骑士

喂，罗滕菲尔德……女士既然提出了要求，骑士可不能拒绝。应该饶恕他。

众骑士

应该饶恕他。

罗滕菲尔德

就这么办吧。我们不把他绞死，但要把他关进大牢。我发誓，除非我的城堡给炸飞了，否则他就别想出去。

众骑士

只好这么办了……

克洛蒂尔达

可是……

罗滕菲尔德

夫人，我发过誓了。

弗朗茨

怎么，终身监禁！还不如死掉。

罗滕菲尔德

我没有征求你意见……把他带到塔楼里去……

（弗朗茨被带走）

弗朗茨

可是我能活着，还多亏了她！

…………

题 解

鲍里斯·戈杜诺夫

一八二四年俄国出版了卡拉姆辛著的《俄国国家史》第十、十一两卷，其中写到俄国沙皇费多尔·伊凡诺维奇、鲍里斯·戈杜诺夫、费多尔·戈杜诺夫和伪皇季米特里的统治。十六世纪末、十七世纪初的农民运动和当时统治阶级争夺皇位的斗争使普希金发生了兴趣，于是他以卡拉姆辛所提供的历史资料为基础，开始了历史悲剧《鲍里斯·戈杜诺夫》的创作。这是一八二四年十月到十二月间的事。

悲剧是断断续续写成的，完成时是一八二五年十一月七日。由于沙皇当局的刁难，全剧直至一八三〇年十二月才获得发表，许多地方还被篡改和删节。

悲剧反映的是俄国十六世纪末、十七世纪初的一段真实历史。一五八四年，俄国沙皇伊凡四世（雷帝）死去，由他的弱智儿子费多尔继位，政权落到皇后的哥哥鲍里斯·戈杜诺夫手中。伊凡四世还有一个年幼的儿子季米特里，和他的母亲住在京城之外的领地乌格里奇。鲍里斯·戈杜诺夫不满足于对政权的实际掌握，早有篡位之心。一五九一年，九岁的皇子季米特里患癫痫症死去。关于季米特里之死，众说纷纭，有的说是被谋害的，有的说季米特里未死，已逃往波兰……真实情况如何，现在留给历史的是一个谜。一五九八年，沙皇费多尔·伊凡诺维奇死去，由于费多尔无嗣，全俄缙绅会议推举鲍里斯·戈杜诺夫为沙皇。一六〇一年至一六〇二年，乌克兰的波兰领地出了一个自称在乌格里奇死里逃生、系伊凡四世儿子季米特里的人物，在波兰大地主和小贵族的支持下，向莫斯科进犯。由于当时鲍里斯·戈杜诺夫的暴政不得人心，俄罗斯的农民起义正风起云涌，伪季米特里一时成了农民运动的旗帜，农民战争渐渐形成了燎原之势。一六〇五年四月，鲍里斯·戈杜诺夫去世，由儿子费多尔·戈杜诺夫继位。六月，政府军向伪季米特里投诚，伪季米特里进入莫斯科，做了新沙皇。他的政权只维持了一年时间。

普希金的悲剧《鲍里斯·戈杜诺夫》在大的情节上是忠于卡拉姆辛所写的历史事实的，但他着眼于沙皇的专制统治和反动的农奴制，并且强调了人民的力量，这在十九世纪初的俄国解放运动中是有重大现实意义的。

关于普希金这部悲剧的创作还可参阅本书的附录《普希金的戏剧革新》一文。

吝啬的骑士

此剧普希金一八二六年在米海洛夫村时即开始构思，而完成全剧的写作则在一八三〇年十月二十三日的波尔金诺，首次发表于普希金自己主编的杂志《现代人》第一期（1836 年 4 月 11 日出版）。原定在一八三七年二月一日于亚历山大剧院上演，其时正遇普希金在决斗中逝世，当局慑于群众的压力，遂取消此次上演。

普希金在标题下注明此剧系译自申斯通的悲喜剧《吝啬的骑士》。申斯通系英国十八世纪作家。经研究，申斯通或其他英国作家并未有过类似剧作，普希金的注释纯粹是一种假托，作品是他自己写的。

莫扎特和萨列里

此剧一八二六年构思于米海洛夫村，一八三〇年十月二十六日完成于波尔金诺。普希金在世时上演过两次：一八三二年一月二十七日于彼得堡大剧院，同年二月一日又上演过一次。

传说莫扎特（卒于 1791 年）系被他熟悉的作曲家安东尼奥·萨列里毒死。萨列里卒于一八二五年五月，临终时曾忏悔毒死过莫扎特，但当时他神志不清。此事在莱比锡的德文报纸《普及音乐报》上曾有报道。普希金则据此传说创作本剧。

石像客人

此剧一八三〇年十一月四日完成于波尔金诺，而在米海洛夫村时已开始构思。普希金生前未曾发表。

唐璜是西班牙传说中的一个人物，莫里哀和莫扎特都曾写过这个人物。普希金只利用了莫扎特歌剧中的一些人名和邀请石像一场的情节，其余都是他自己创作的。

瘟疫流行时的宴会

此剧译自英国诗人威尔逊诗剧《瘟疫流行的城市》中的一场，梅丽和主席唱的歌则是普希金自己创作的。

翻译于一八三〇年十一月六日，完成于波尔金诺，当时俄国正流行霍乱。

此剧一八三二年初发表于文艺作品集《金牛座 η》。

女落水鬼

一八二六年普希金在米海洛夫村时即开始此剧的构思。一八二九年他从高加索回到彼得堡后写了《上房》和《第聂伯河。夜》这一场的开头部分。一八三二年四月在彼得堡时又继续此剧的写作，但没有完成。

此剧的情节取自普希金自己创作的《西斯拉夫人之歌》中的《雅内什王子》一诗。原作未有题目，《女落水鬼》是后来的出版者加上的。

骑士时代的几场戏

此剧一八三五年八月写于彼得堡，未完成，无标题。现有的标题是后来的出版者加上的。

当时普希金正在思考封建社会衰落的原因问题，并拟写一部法国革命史，此剧的构思和普希金当时的工作有关。

关于这个剧本，普希金曾用法文写过一个提纲：

一

经营呢绒的富商。他的儿子（诗人）爱上一位名媛。他出走，在该名媛的父亲老骑士的城堡里当武装侍从。年轻的姑娘瞧不起他。他的弟弟正在追求她。年轻人受辱。弟弟在姑娘的要求下赶走年轻人。

年轻人回到呢绒商人处。老资产者的愤怒和教训。弟弟贝尔托尔德来到。呢绒商人也责备他。弟弟贝尔托尔德被捕并被投进监狱。

贝尔托尔德在狱中研究炼金术——他在研究火药——年轻的诗人煽动农民造反——包围城堡。贝尔托尔德炸掉城堡。骑士（一个平庸的人）中弹身亡。浮士德骑在魔鬼的尾巴上出现，思考着问题，剧终（印刷术的发明相当于一支炮兵）。

二

施瓦尔茨寻求点金石。他的邻居卡里班（赖斯曼）嘲笑他。他在空想中花光财产。

施瓦尔茨　不，我追求的不是财富，而是真理，我不需要财富。

你为什么寻求黄金？……

我寻求解决问题。

如果你找到黄金，你就可以抄起手过日子啦。

不，我要寻求方圆法。

这是什么东西？想必是……

Perpetuum mobile.

人们寻找贝尔托尔德，带走他，把他投入监狱。发明火药——爆炸……

战斗——开炮——骑士们大败……

从这个提纲中可以看出，普希金意图通过贝尔托尔德这个人物表现半传说人物贝尔托尔德·施瓦尔茨——十四世纪火药的发明者。剧本中还出现浮士德，他被描写为印刷术的发明者，而按照法国作家里瓦罗尔的说法：印刷术的发明相当于一支炮兵。意思是说，印刷术的发明促进了法国革命的发生。通过这个未完成的作品和保存下来的提纲，我们可以看到普希金对法国革命问题的一些思考。

附 录

普希金的戏剧革新

为纪念普希金逝世一百五十周年而作

冯 春

一九八七年二月十日是伟大的俄国诗人普希金逝世一百五十周年纪念日。普希金不仅是一位伟大的现实主义诗人，而且还是一位伟大的现实主义戏剧家、小说家。他是俄罗斯诗歌的太阳，他的小说创作为俄国文学开辟了一条崭新的现实主义道路，他的剧作也起了同样的作用。他是一座里程碑，从他开始，俄国戏剧走上了现实主义道路，他开创了俄国戏剧新纪元。伟大的戏剧家果戈理、莱蒙托夫、奥斯特洛夫斯基、契诃夫都是他的继承者，他的现实主义在这些后继者的创作中得到了发扬光大。

普希金创作的鼎盛时期在十九世纪的二三十年代。他一八二四年开始戏剧创作，这一年他完成了带有戏剧因素的长诗《茨冈人》，并开始写作历史悲剧《鲍里斯·戈杜诺夫》。而十九世纪二十年代初正是俄国革命第一阶段的高潮时期，高潮的顶点是一八二五年十二月党人起义。作为年轻的诗人，普希金和许多先进的贵族知识分子一样，在专制制度的重压下感到窒息。他亲眼看到农奴制的残酷和黑暗，又受到欧洲风起云涌的革命运动的影响，因而产生了澎湃的革命激情，并用自己的诗歌为十二月党人吹响了战斗的号角。早在一八一七年，他就发表了使他遭到流放厄运的著名诗篇《自由颂》。一八一九年他的《乡村》一诗强烈抨击了农奴制。在一八一八年写作的著名诗篇《致恰达耶夫》中，他发出了“那时在专制制度的废墟上，人们将铭记我们的姓名”的誓言，决心和专制制度斗争到底。一八二四年，流放中的普希金看到了历史学家卡拉姆辛的《俄国国家史》，看到了十六世纪末十七世纪初俄国“混乱时代”的那一段历史，受到了启发，认为那是俄国历史上“最富于戏剧性的时代之一”，因此产生了把这段历史写成戏剧的想法。他的着眼点是为了现实，思考的中心是专制制度和农奴制的问题。这正是当时十二月党人思考的中心问题。他选中了这个时代，希望用戏剧表现它，同时也表达了他对这些重大问题的想法。他选中的这个时代确实是一个混乱的时代。在这些年代，沙皇统治特别黑暗，外国势力频繁入侵，皇位屡次更迭，人民生活在水深火热之中，农民起义此起彼落，社会处于大动乱之中。要把这段历史写成威武雄壮的戏剧，那就需要一个大场面，就需要有挥洒自如的天地：上自沙皇，下至黎民百姓，都要出现在这部剧中。然而统治当时俄国剧坛的却是传统的古典主义戏剧，按照古典主义的创作方法，能不能表现这样一个主题，剧本是否容纳得下这样一个巨大的题材，是戏剧创作的重大问题。

十八世纪的俄国文学深受法国文学的影响，俄国的古典主义在其主要特征上和欧洲，特别是法国的古典主义是一致的。古典主义艺术必须讴歌和赞美国家政权的代表（即皇帝），必须服从“理性”，服从古希腊、罗马古典文学的严格诗学原则。古典主义悲剧必须教人培养“国家意识”，阐明“公民义务”，主人公的幸福如果和他的职责发生矛盾，就必须牺牲自己的幸福。而人物的善恶则是绝对的，按照十八世纪俄国古典主义代表作家苏马罗科夫的说法，“假如你描写一个恶人，你得谨防人们同情他”，描写好人时就得“把他写得毫无缺点”。悲剧还要遵守“三一律”，即时间的一致（全部故事发生和结束，在二十四小时内），地点的一致（故事发生的地点始终不变）和情节的一致，同时整出戏必须分为五幕。这种种规则既束缚思想，又难以使戏剧和现实生活相结合。这狭小的框框如何能够容纳得下普希金所要表现的那风起云涌的时代和波澜壮阔的历史场景？普希金在一八二五年所写的《论悲剧》一文中就指出：“引人入胜是戏剧艺术的首要规则，情节的一致是应当遵守的。然而地点和时间却限制太死：因此产生诸多不便，动作的地点受到限制。阴谋诡计、爱情表白、国务会议、节日庆典——都是在同一个房间里进行的！……而 Parte（旁白）是如此不合情理，不得不安排在两处，等等。这一切都毫无意义。”后来，普希金在《给〈莫斯科导报〉出版者的信》中进一步指出：“古典主义作品的四平八稳和面面俱到，其模仿者的苍白无力和千篇一律的因袭，确实使我们兴味索然。备受折磨的口味要求另一些极为强烈的感受，并且在新的民间诗歌的虽然模糊却沸腾着的源泉中去寻找它们。”普希金在这里表示了对古典主义戏剧的深恶痛绝，并且坚决摒弃了古典主义的三一律（当然，他也肯定了情节一致这个合理的成分）。至于古典主义对帝王的颂赞这一点，普希金早就嗤之以鼻。他在《自由颂》中高唱的是：“我要为世人歌唱自由，我要惩罚皇位上的恶行。”他在《致娜·雅·普留斯科娃》(1818) 中明确宣布：“我生来不是为愉悦帝王，我的缪斯一向羞于颂赞。”他在《鲍里斯·戈杜诺夫》中写了一个真沙皇（戈杜诺夫）和一个假沙皇（格里戈利），他对他们都没有歌功颂德。

在对古典主义进行批判、否定之后，普希金正式提出了革新的主张。他在《给〈莫斯科导报〉出版者的信》中总结了他写《鲍里斯·戈杜诺夫》的原则："我坚信，我们戏剧的陈腐形式需要革新，因此我便按照我们的鼻祖莎士比亚的体系写悲剧，把古典主义的两个一致律作为牺牲品供献在他的祭坛之前，勉强保存了最后一个。除了这个声名狼藉的三一律之外，还有一个法国批评界从未提及的一致律（大概认为无须对它的必要性进行争论），即文体的一致律，这是法国悲剧的第四个必要条件，但西班牙、英国和德国的戏剧并不受它限制。您可以感觉到，我也是仿效这个令人神往的榜样的。""还该说些什么呢？我把可敬的亚历山大诗体变为五音步的无韵诗，在几场戏中它甚至被降低为可鄙的散文，我的悲剧也不分幕——我认为，观众会对我大大称谢的。"普希金在这里所说的主要还是形式问题。我们可以看到，《鲍里斯·戈杜诺夫》一剧所包含的历史过程长达七年之久，这和古典主义三一律要求戏剧发生和结束在二十四小时之内是个根本的突破。普希金也没有把戏剧限于一个地点，而是写了二十三场（不分幕），分别发生在克里姆林宫殿、处女广场新处女修道院、丘多夫修道院净室、立陶宛边境的小酒店、莫斯科隋斯基家、克拉科夫维什涅维茨基家、桑波尔的姆尼雪克将军的城堡、诺夫哥罗德-谢维尔斯科耶近郊的原野、莫斯科大教堂前的广场、刑场、克里姆林宫鲍里斯家等十九个地方。试想，如果把发生在这些地方的剧情统统装进同一个房间，那是多么荒谬！由剧情的需要选择地点，例如格里戈利从一个小修道士到做了伪皇，到打进莫斯科，他必须经历修道院、立陶宛边境、克拉科夫、诺夫哥罗德-谢维尔斯科耶近郊的原野等等几个地方。如果不是这样，我们怎么能想象他在修道院里做伪皇，在修道院里打仗，又在修道院里打败戈杜诺夫……因此，突破地点的限制实属必然。在语言上，普希金也突破了法国古典主义的第四个一致律，这就使得戏剧更加生动活泼和真实。

然而，普希金对戏剧的革新不能仅仅归结为形式上对古典主义悲剧规则的突破。普希金革新戏剧的意义在于他完全摒弃了古典主义的创作方法，用现实主义代替了古典主义。这是一个质的飞跃。普希金称《鲍里斯·戈杜诺夫》为“真正浪漫主义的悲剧”，但普希金对“真正浪漫主义”的解释是：“力求用对人物和时代的忠实描绘，用历史人物和事件的发展”（来写这部悲剧）。因此这里的“浪漫主义”实际上是“现实主义”。这就不仅仅是形式问题，而是戏剧领域中一个新思潮的创立。

“对人物和时代的忠实描绘”，这是现实主义的一个特征。在普希金笔下，他的人物是活生生的，有肉有血、具有多方面的性格、和所处的环境密不可分的，而不像古典主义悲剧里的人物那样陈腐、苍白、公式化。例如鲍里斯·戈杜诺夫，他决不是一个概念化的人物。他既是一个以不正当手段篡夺皇位的沙皇、老练的政治家，同时也是一个慈爱的父亲，对自已的罪恶深感痛苦的凡人。他第一次出现（《皇宫》），作者就让他诉说心中的痛苦。他太太平平做了六年皇帝，但他并没有享受到欢乐；他想“广施仁政，宽宏大量，以期博得人民的爱戴和景仰”，然而“老百姓憎恨活的帝王，他们只爱戴死去的皇上”；他想结一门好亲，使儿女幸福，结果女婿夭折，逼得女儿守寡；他由于害死了太子季米特里，篡夺了皇位，那血淋淋的小孩总在他眼前浮现，他想逃避，但无处可逃，他为此而痛苦万分。从这段独白中，我们看到高居皇位的鲍里斯和任何世人一样，也有他的烦恼，出现在我们面前的是个灵魂备受折磨的、痛苦不堪的老人。在另一场（《皇宫》）里，我们看到鲍里斯是个慈爱的父亲，他十分同情未结婚就守寡的女儿，同时他也亲切地关心儿子费多尔，询问他的功课，和他一起分析地图，鼓励他好好读书，以便将来执掌江山。在这里我们看到的沙皇尽管是一个精明威严的皇帝，但他并不是一个完全失去人性的帝王。在这部戏剧里，我们看到作者是从多方面来刻画鲍里斯这个人物的。因此这个人物站立在我们面前并不是平面的、抽象的，而是立体的，可以触摸到的。

我们再看看格里戈利这个人物。他还在丘多夫修道院的时候就是一个不甘心于默默无闻地出家做修道士的青年，他羡慕皮缅年轻时立过战功，见识过伊凡雷帝的豪华宫殿，埋怨自己从小就当上可怜的小修士、在修道院斗室里苦修的命运。及至他听了皮缅的一番叙说，他那不甘寂寞的心便立即蠢动了。后来他果然逃出国境，投奔波兰人，做了冒名的皇帝，带着波兰人打进俄国的京城。他的这番经历鲜明地表现出他巨大的野心。然而这仅仅是他性格的一面。作为一个年轻人，他也有七情六欲。在《夜。花园。喷泉》那场戏中，他成了一个热烈追求爱情的男子，为了求得玛丽娜的爱情，他竟然和盘托出他的全部阴谋，供认他是冒名的皇子，这和他那觊觎皇帝宝座、不惜冒着巨大危险假托皇子之名挑起一场国际战争的野心是多么矛盾啊！然而，人物性格的复杂多面，在不同情况下表现出不同的思想感情、做出不同的举动，这正是生活的真实。普希金正是从生活出发来描写一个人的复杂性格的。

写“历史人物和事件的发展”，忠实地写历史事件，把全部人物置于一定的历史环境中，而不像古典主义悲剧常常表现出来的那样脱离时间和空间，这又是《鲍里斯·戈杜诺夫》的一个现实主义特点。值得注意的是，《鲍里斯·戈杜诺夫》不仅真实地描写了那个“混乱的年代”，写了真假沙皇的斗争，而且把人民的力量置于决定历史命运的中心地位。人心的向背是斗争双方胜败的决定因素。这和法国古典主义理论家布瓦洛所宣称的“少做人民的朋友”才会创造出最伟大的艺术理论，已有天壤之别了。

应该说，普希金的《鲍里斯·戈杜诺夫》完全是现实主义的；它已完全没有古典主义的痕迹。普希金通过革新和实践，创作出了俄国第一部现实主义悲剧。这个创作本身是非常成功的，它为俄国现实主义戏剧树立了典范，为现实主义戏剧开辟了道路。然而在当时，读者并没有立即理解这一点，读者对它的反映是冷淡的，这大大伤了普希金的心。但是普希金并没有灰心。普希金的同时代人、俄国文艺理论家安年科夫在他的《普希金传记资料》中证明了这一点，他说：“……读者的冷淡给诗人的希望和期待带来了深深的创伤，但它仅仅是一瞬即逝的事情，是最初的印象而已。由于普希金身上具有一种不断迫使他进行新的活动、创作新的作品的天才力量，由于他的性格忍受不了粗暴的裁决，不能长久违心地停滞不前，他又回头写起他称之为艺术戏剧作品的‘浪漫主义’戏剧，不指望得到什么成功，不考虑是否成功的问题，仅仅出于创作冲动，于是创作了那些天才的戏剧。直到现在，这些戏剧在俄罗斯文学中仍是佼佼者。”这里所说的“天才的戏剧”指的是普希金后来写作的《吝啬的骑士》等小悲剧。这些小悲剧进一步丰富了普希金的现实主义戏剧创作，使得他所开辟的现实主义道路更加宽广，影响更加深远。而由他提供题材，由果戈理完成的《钦差大臣》

和莱蒙托夫的《假面舞会》等剧作的出现，则进一步使俄国现实主义戏剧布成阵势，奠定了坚实的基础。直到今天，普希金所开创的现实主义戏剧传统仍被不断地发扬光大，照耀着当代俄罗斯的戏剧舞台。他的《鲍里斯·戈杜诺夫》也由穆尔斯基改编成歌剧，至今仍在俄罗斯舞台上久演不衰。

现在，在纪念普希金逝世一百五十周年的时候，我们深深缅怀这位伟大的诗人和戏剧改革家。我们仍然可以从他的戏剧遗产中汲取营养，不断革新我们的戏剧。

（原载《外国戏剧》1987 年第 2 期）

...Быть может, уж недолго мне
В изгнаньи мирном оставаться.

...Нахожусь я в глухой деревне – скучно, да нечего делать; здесь нет ни моря, ни неба полудня, ни итальянской оперы.

Быть может, уж недолго мне
В изгнаньи мирном оставаться.

...И забываю мир – и в сладкой тишине
Я сладко усыплен моим воображеньем
И пробуждается поэзия во мне.